Marion Shaw und Sabine Vanacker

Miss Marple auf der Spur

Aus dem Englischen von
Uta Angerer und Ursula Wulfekamp

ARGUMENT-SONDERBAND NEUE FOLGE AS 206

Titel der englischen Originalausgabe: Reflecting on Miss Marple

Lektorat: Michael Haupt

Deutsche Erstausgabe

Argument-Verlag: Rentzelstraße 1, 20146 Hamburg
Umschlag: Wolfgang Geisler, Berlin, unter Verwendung einer Zeichnung von Martin Grundmann
Fotosatz: Mößner & Steinhardt, Berlin
Druck: Alfa-Druck, Göttingen
Erste Auflage 1994

ISBN 3-88619-206-7

Inhalt

Wichtiger Hinweis

Agatha Christie Ltd. verbietet ausdrücklich, daß in einer Veröffentlichung Material verwendet wird, das die Identität eines Mörders oder einer Mörderin in Agatha Christies Romanen verrät. Für einen solchen Fall werden rechtliche Schritte angedroht.

Daher haben wir uns aus rein pragmatischen Überlegungen alle Mühe gegeben, die Nennung von Namen zu vermeiden – obwohl wir sicher sind, daß die überwiegende Mehrzahl der Leserinnen und Leser dieses Buches mit Agatha Christies Romanen sehr gut vertraut ist.

Wir laden unsere Leserinnen ein, wie gute Detektivinnen ihre eigenen Schlüsse zu ziehen …

Die Autorinnen

Liste der verwendeten Agatha Christie-Titel

Meine gute alte Zeit – Eine Autobiographie
Agatha Christie: An Autobiography (1977) 1990 München

Bertrams Hotel
At Bertram's Hotel 1981 München

Ein diplomatischer Zwischenfall
The Adventure of the Christmas Pudding 1982 München

Die Tote in der Bibliothek
The Body in the Library *1991 München*

Karibische Affäre
A Caribbean Mystery 1979 München

16 Uhr 50 ab Paddington
4.50 from Paddington 1991 München

Mord im Spiegel: oder Dummheit ist gefährlich
The Mirror Crack'd from Side to Side 1984 München

Ein Mord wird angekündigt
A Murder is Announced 1992 München

Die Uhr war Zeuge
Miss Marple's Final Cases 1990 Bindlach

Die Schattenhand
The Moving Finger 1992 München

Alibi
The Murder of Roger Ackroyd 1992 Scherz

Mord im Pfarrhaus
The Murder at the Vicarage 1987 München

Das Geheimnis der Amseln
A Pocketful of Rye 1990 Bindlach

Das Schicksal in Person
Nemesis 1978 München

Ruhe unsanft
Sleeping Murder 1986 München

Fata Morgana
They do it with Mirrors 1991 München

Der Dienstagabend-Club
The Thirteen Problems 1982 München

Agatha Christie: Einige biographische Anmerkungen

1890 Agatha Mary Clarissa Miller kommt am 15. September in Torquay, Devon zur Welt. Sie ist das dritte Kind von Clarissa Margaret Boechmer und Frederick Alva Miller. Ihr Vater ist Amerikaner, hält sich aber vorwiegend in England auf und lebt von dem, was das Familienunternehmen abwirft. Im Gegensatz zu ihrem Bruder und ihrer Schwester bekommt Agatha keine reguläre Schulbildung, sondern Privatunterricht, der eine Tanz- und Gesangsausbildung sowie Klavierstunden einschließt. In ihrer Autobiographie schwärmt sie von einer Kindheit, in der sie sehr glücklich war – selbst nachdem ihr Vater im Jahr 1901 starb, wodurch die Familie in finanzielle Schwierigkeiten geriet.

1906 In Paris besucht Agatha Miller Miss Drydens Schule. Dort studiert sie Gesang und Klavier und eignet sich all das Französisch an, das ihr später beim Ersinnen von Poirots Gallizismen noch nützliche Dienste leisten soll.

1910 Agatha Miller wird in die Gesellschaft eingeführt. Sie genießt das sehr, obwohl das Ereignis aus finanziellen Gründen nicht in London, sondern in Kairo stattfindet.

1914 Mit einer Sondergenehmigung heiratet Agatha am Heiligabend Captain Archibald Christie. Während des Ersten Weltkriegs arbeitet sie zunächst als Pflegerin im Krankenhaus von Torquay, später in der Krankenhaus-Apotheke. Dort macht sie die Apotheker-Ausbildung und erwirbt Detailkenntnisse über Medikamente und Gifte.

1919 Ihre Tochter Rosalind kommt in Torquay zur Welt.

1920 Agatha Christie veröffentlicht den ersten ihrer über siebzig Kriminalromane. In *Das fehlende Glied in der Kette* tritt zum ersten Mal ein gewisser Hercule Poirot auf. Der Roman erscheint im Verlag The Bodley Head.

1922 *Ein gefährlicher Gegner*, ihr zweiter, weniger erfolgreicher Kriminalroman, stellt mit Tuppence und Tommy Beresford zwei weitere Seriendetektive vor. Es ist auch der erste Roman, der verfilmt wird, nämlich 1928 von Fred Sauer unter dem Titel *Die Abenteuer GmbH.*

1923 Archie und Agatha Christie begleiten Major Belcher auf eine Weltreise: die British Empire Exhibition Mission führt sie nach Südafrika, Australien, Neuseeland, die Fidschi-Inseln, Hawaii und Kanada.

1926 Agatha Christie ruft durch die Art, wie sie den Mörder in *Alibi* behandelt, einen kleinen literarischen Skandal hervor. *Alibi* ist einer ihrer besten Poirot-Romane und zugleich ihr erstes Buch, das bei Collins erscheint, dem Verlag, bei dem sie bis an ihr Lebensende bleiben wird.

Am 3. Dezember verschwindet Agatha Christie. Unmittelbar zuvor ist ihre Mutter gestorben, und ihr Mann hat die Scheidung eingereicht. Nach öffentlichen Suchaktionen, die durch vier Grafschaften führen, wird sie schließlich in einem Hotel in Harrogate aufgefunden. Sie lebt dort unter dem Namen Teresa Neele – so ähnlich heißt die junge Frau, die Archie Christie heiraten möchte – und leidet offensichtlich unter Gedächtnisverlust.

1928 Agatha Christie und Colonel Archie Christie werden geschieden.

1929 Agatha Christie reist mit dem Orientexpreß durch die Türkei nach Bagdad. Bei einem zweiten Besuch dort im Jahr 1930 lernt sie den Archäologen Max Mallowan kennen, der als Assistent Leonard Wooleys bei den Ausgrabungen von Ur arbeitet.

1930 Es beginnt eines der produktivsten Jahrzehnte für Agatha Christie. In *Mord im Pfarrhaus* erscheint erstmals Miss Marple als Dorf-Detektivin.

Black Coffee, Agatha Christies erstes Theaterstück, wird im Embassy Theatre und später im St. Martin's Theatre aufgeführt.

Singendes Glas, der erste »richtige« Roman von Agatha Christie, der keine Detektivgeschichte ist und vielfach autobiographische Züge aufweist, wird unter dem Pseudonym Mary Westmacott veröffentlicht.

1931 *Das Geheimnis von Sittaford* erscheint, der einzige Roman mit Emily Trefusis als Detektivin, zugleich, aufgrund seiner genialen Handlungsführung, einer der besten Krimis von Agatha Christie.

1932 In *Der Dienstagabend-Club* erzählen sich Freunde gegenseitig mysteriöse Geschichten, die Miss Marple vom Lehnstuhl aus löst. Einige dieser Geschichten waren bereits vor dem ersten Miss Marple-Roman erschienen.

1934 *Mord im Orientexpress* erscheint. 1974 wird dieser Kriminalroman von der EMI verfilmt. Albert Finney spielt Hercule Poirot. Der Film wird ein großer Erfolg.

Wiederum unter dem Namen Mary Westmacott veröffentlicht Agatha Christie einen weiteren eindeutig autobiographischen Roman, *Das unvollendete Porträt*.

1937 *Der Tod auf dem Nil* erscheint; 1978 wird er, ebenfalls von der EMI, mit Peter Ustinov als Poirot verfilmt.

1939 *Zehn kleine Negerlein* wird verlegt, einer von Agatha Christies besten und düstersten Romanen. Während des Zweiten Weltkriegs arbeitet sie wieder als Assistentin in einer Apotheke und setzt ihre Publikationstätigkeit fort.

1942 Zehn Jahre nach dem zweiten erscheint der dritte Marple-Krimi, *Die Tote in der Bibliothek*.

1943 Ein weiterer Marple-Krimi, *Die Schattenhand*, wird veröffentlicht.

1944 Mary Westmacott veröffentlicht *Ein Frühling ohne dich*, ein Roman über die Selbsterforschung einer Frau mittleren Alters, die sich auf einer Reise durch den Nahen Osten befindet.

1947 *Die Rose und die Eibe*, ein weiterer Westmacott-Roman, erscheint.

1949 *Mord im Pfarrhaus* wird von Moie Charles und Barbara Toy dramatisiert und im Londoner Playhouse aufgeführt.

1950 Veröffentlichung des Krimis *Ein Mord wird angekündigt*, in dem Miss Marple einem verdächtigen Todesfall während eines Mörderspiels nachgeht.

1952 Das Stück *Die Mausefalle* läuft am 25. November in London im Ambassadors an. Die Hauptrolle übernimmt Richard Attenborough; als Produzent zeichnet Peter Saunders, als Regisseur Peter Coates verantwortlich. Ursprünglich beruhte *Die Mausefalle* auf einem Hörspiel; das Stück wird in London bis heute ständig gespielt.
Fata Morgana: Miss Marple klärt einen Mord in einem Heim für junge Straftäter auf, stellt aber fest, daß es sich – wie üblich – in Wirklichkeit um eine Familienaffäre handelt.

1953 *Das Geheimnis der Amseln:* Als ihr Hausmädchen umgebracht wird, ermittelt Miss Marple erneut in einem Mordfall, der sich diesmal an den Strophen eines Kinderliedes orientiert.

1955 Agatha Christie Ltd. wird gegründet. Die Firma soll sich um ihre zahlreichen Veröffentlichungen kümmern.

1956 Am Neujahrstag wird Agatha Christie zum Commander of the Order of the British Empire ernannt.
Der letzte Westmacott-Roman, *Spätes Glück*, erscheint.

1957 *16 Uhr 50 ab Paddington:* Miss Marple und ihre Assistentin Lucy Eyelesbarrow klären den Mord an einer Frau auf, den Miss Marples Freundin Mrs. McGillicuddy von einem vorüberfahrenden Zug aus beobachtet hat.
Agatha Christie wird Vorsitzende des Detection Club.

1961 Margaret Rutherford verkörpert in *16 Uhr 50 ab Paddington*, einem auf dem gleichnamigen Roman beruhenden Film der Metro-Goldwyn-Mayer, die Rolle der Miss Marple. – Die Universität Exeter verleiht Agatha Christie den Ehrendoktor der Literatur.

1962 *Mord im Spiegel:* eine berühmte Filmschauspielerin und ihr Gefolge lassen sich in St. Mary Mead nieder. Als jemand bei einem Empfang einen Gast ermordet, wird abermals eine von Miss Marples geplagten Freundinnen Augenzeugin des Vorfalls, nämlich Mrs. Bantry.

1963 *Der Wachsblumenstrauß* ist ein weiterer Film mit Margaret Rutherford, dessen Handlung allerdings auf der gleichnamigen Poirot-Geschichte beruht.

1964 Miss Marple bereist Westindien und untersucht eine *Karibische Affäre*.

Vier Frauen und ein Mord sowie *Mörder Ahoi!* sind die letzten Rutherford-Filme, wobei der zweite Film nach einem Originaldrehbuch von David Pursall und Jack Seddon gedreht ist. Lediglich die Gestalt der Miss Marple wurde von Agatha Christie übernommen.

1965 Bei einem Aufenthalt in *Bertrams Hotel* unterscheidet Miß Marple Täuschung von Tatsachen.

1971 Agatha Christie wird der Orden Dame of the British Empire verliehen.

In *Das Schicksal in Person*, in gewisser Hinsicht eine Fortsetzung von *Karibische Affäre*, schließt sich Miss Marple einer Reisegesellschaft an, die berühmte Landhäuser und Gärten Großbritanniens besichtigt. Nebenbei verhilft sie der Gerechtigkeit zum Sieg.

1975 Agatha Christies letzter Poirot-Roman, *Vorhang*, wird veröffentlicht. Eine letzte mörderische Überraschung …

1976 Agatha Christie stirbt am 12. Januar und wird am 16. Januar auf dem Friedhof von St. Mary's in Cholsey, Oxfordshire, beigesetzt.

Ruhe unsanft, ein Roman, der bereits in den vierziger Jahren entstand, wird posthum veröffentlicht.

Mord im Pfarrhaus wird im Londoner Savoy Theatre aufgeführt.

1977 *Die Mausefalle* feiert 25jähriges Jubiläum.

Am 21. September hat das Schauspiel *Ein Mord wird angekündigt* im Vaudeville Theatre in London Premiere. Die Bühnenbearbeitung stammt von Leslie Darbon, Dulcie Gray spielt Miss Marple.

Meine gute alte Zeit, Agatha Christies Autobiographie, wird veröffentlicht. Sie zeichnet ein liebevolles Bild ihrer Familie und Kindheit und ihrer späteren Lebensjahre mit Max Mallowan.

1979 *Die Uhr war Zeuge*, eine Kurzgeschichtensammlung, erscheint.

1980 Angela Lansbury übernimmt die Hauptrolle in *Mord mit Spiegeln*, das vom EMI-Team produziert wird.

1983 *Karibische Affäre* wird vom CBS Television zu einem Fernsehspiel verarbeitet, wobei Helen Hayes Miss Marple spielt. Darauf folgt 1985 *Fata Morgana*.

1984 *Miss Marple: Die Tote in der Bibliothek* wird von T.R. Bowen zu einem dreiteiligen Fernsehspiel verarbeitet. In dieser Produktion der BBC übernimmt Joan Hickson die Rolle der Miss Marple. In der gleichen Serie folgen dann *Die Schattenhand, Ein Mord wird angekündigt* und *Das Geheimnis der Amseln*, und in einer zweiten Serie *Das Schicksal in Person, Ruhe unsanft, Bertrams Hotel* und *Mord im Pfarrhaus*. Als weihnachtliche »Extrasendung« wird 1987 die Verfilmung von *16 Uhr 50 ab Paddington* ausgestrahlt, 1989 folgt *Karibische Affäre*.

Die Autorinnen danken der Agatha Christie Ltd. für die zur Verfügung gestellten biographischen Informationen.

Einleitung

1990 jährte sich Agatha Christies Geburtstag zum hundertsten Mal, und dieses Ereignis gab Anlaß für zahlreiche Gedenkveranstaltungen. Unter anderem boten Reisebüros Fahrten zu den Schauplätzen der Christie-Krimis an, wobei die teuerste natürlich eine Reise mit dem Orientexpreß war. Wer Miss Marples Heimatort St. Mary Mead besuchen wollte, konnte ihn wohl am ehesten in den Dörfern der Grafschaften um London entdecken, die an Orte erinnern, wie Agatha Christie sie in ihrer Kindheit kannte. Einige von ihnen haben sich mit großem Kostenaufwand und gegen einigen Widerstand der Einheimischen ihre ländliche Atmosphäre der Jahrhundertwende bewahrt. Noch 1975 erklärte Agatha Christie, daß Miss Marples Dorf »für mich der Wirklichkeit so nahe kommt, wie es nur irgend geht – und sogar jetzt gibt es noch Dörfer dieser Art«. Auch Miss Marple selbst, oder zumindest eine Dame, die ihr bemerkenswert ähnlich ist, läßt sich in manchen dieser Dörfer finden, denn sie verkörpert einen offenbar unverwüstlichen Charakter, die englische »alte Jungfer«. Ihr Name, im Englischen eine Quelle für komische Wortspiele, die fast von Oscar Wilde stammen könnten – »ich habe den Tisch ein bißchen aufgemarpelt«* – geht auf Marple Hall zurück, ein altes und sehr englisches Landhaus in Cheshire, das vor dem Abriß stand. Agatha Christie besuchte es, um Möbel zu kaufen, und neben anderen Überbleibseln aus diesem Monument einer vergangenen Epoche rettete sie einen Namen: »[Es gab] dort eine *sehr* gute Auswahl schöner alter Möbel aus der Zeit Elisabeths und Jakobs I., ich kaufte zwei Eichenstühle, die ich noch immer besitze – und da ich gerade einen Namen für meine 'alte Jungfer' suchte, nannte ich sie Jane Marple« (J. Morgan: *Agatha Christie*, S.176).

Obwohl Miss Marple viele literarische Vorgängerinnen hat, entspringen einige ihrer Charakterzüge Agatha Christies persönlicher Erfahrung, den Erinnerungen an ihre Großmutter in Ealing – 'Tantchen Oma' – und an die Freundinnen ihrer Großmutter:

* *I have been doing a spot of Marpling* ist natürlich im Deutschen nicht adäquat wiederzugeben, weil in *Marple* der *marplot*, der Quertreiber, Störenfried, Spielverderber steckt, den Miss Marple so erfolgreich spielt, indem sie den MörderInnen das Handwerk legt.

... einer alten Dame von der Art, wie meine Großmutter in Ealing sie zu Busenfreundinnen gehabt hatte und wie ich sie als kleines Mädchen an vielen Orten kennengelernt habe. Nicht, daß Miss Marple ein Abbild meiner Großmutter gewesen wäre – sie war viel umständlicher und altjüngferlicher als meine Großmutter. Nur eines hatte sie mit ihr gemeinsam: so heiter und aufgeschlossen sie auch war, erwartete sie doch von ihren Mitmenschen immer nur das Schlechteste – und behielt gewöhnlich mit ihren düsteren Voraussagen recht. ... Jedenfalls stattete ich Miss Marple mit Omas prophetischen Gaben aus. Es fehlte Miss Marple nicht an Güte, aber sie traute den Menschen nicht. (*Meine gute alte Zeit*, S.439f.)

Bevor 1930 der erste Miss Marple-Roman, *Mord im Pfarrhaus*, erschien, hatte Agatha Christie bereits neun Kriminalromane geschrieben und mehrere andere Detektivgestalten geschaffen: Hercule Poirot, Tommy und Tuppence Beresford und Superintendent Battle. Insgesamt sollte sie schließlich mehr als siebzig Detektivromane (und eine Handvoll »richtiger« Romane) schreiben, von denen siebzehn Miss Marple-Krimis sind. Miss Marple blieb Agatha Christies Lieblingsdetektivgestalt, während Poirot ihr irgendwann langweilig wurde und sie mehrmals versuchte, ihn umzubringen. Sie wehrte sich gegen den Vorschlag, Poirot und Miss Marple miteinander bekanntzumachen:

... warum sollte ich? Ich bin ganz sicher, die beiden würden das gar nicht zu schätzen wissen. Hercule Poirot, ein Egoist reinsten Wassers, würde es sich verbitten, von einer alten Dame belehrt zu werden. Er war ein berufsmäßiger Detektiv und würde sich in Miss Marples Welt bestimmt nicht wohl fühlen. (*Meine gute alte Zeit*, S.437)

Die Gestalt von Miss Marple war für Agatha Christie und ihre LeserInnen auch deshalb so anziehend, weil sie – im Gegensatz zu Poirot, der ein Außenseiter und in der Regel nur Gast in der Welt des Verbrechens ist – selbst dieser kriminellen Gesellschaft angehört, die in ihrem Fall auf den Mikrokosmos eines Dorfes beschränkt ist. Ausschlaggebend für ihren Amateurstatus ist, daß Miss Marple der Gemeinschaft angehört, in der sie ihre Ermittlungen durchführt. Im Gegensatz zu den Berufsdetektiven muß sie nicht von außen »hereingerufen« werden. Über Miss Sheppard, Miss Marples Vorgängerin in *Alibi*, sagt Agatha Christie: »Mir gefiel die Rolle, die sie im Leben des Dorfes spielte: und mir gefiel der Gedanke, das Geschehen im Dorf auf den Arzt und seine herrische Schwester zu projizieren.« (*Meine gute alte Zeit*, S.448) Miss Marples Zugehörigkeit zur Dorfgemeinschaft verleiht ihr eine moralische Kraft, die sie nicht besäße, wenn sie zur Aufklärung des Verbrechens von außen käme. Denn damit ist nicht nur der Verbrecher einer von uns (bei Agatha Christie kommt es selten vor, daß der Mord von einem oder einer Fremden begangen wird), sondern auch die Detektivin, und ihre ständige Anwesenheit erinnert uns an die Nähe und Unausweichlichkeit der Strafe. Wenn Poirot als Detektiv ein Deus ex machina ist, so stellt Miss Marple so etwas wie ein soziales Gewissen dar, das zwar meist im Verborgenen schlummert, doch jederzeit zum Leben zu erwecken ist. Daß Agatha Christie ihre Detektivgeschichten in diesen moralischen Kategorien betrachtete, wird in der Autobiographie deutlich:

Die Detektivgeschichte war die Geschichte einer Jagd, und sie hatte auch eine Moral; sie war tatsächlich nichts anderes als die klassische Jedermann-Moralität, die Niederlage des Bösen und der Sieg des Guten. Zur Zeit des Ersten Weltkriegs war der Übeltäter kein Held – damals aalten wir uns noch nicht in psychologischen Erklärungen. Wie alle, die Bücher schrieben oder Bücher lasen, war auch ich *gegen* den Verbrecher und *für* das unschuldige Opfer. (*Meine gute alte Zeit*, S.441)

Dann stellt sie die Formen der Detektivgeschichte vor, die eine Autorin wählen kann – den heiteren Thriller beispielsweise, oder die raffiniert ausgeklügelte Detektivgeschichte mit einer komplizierten Handlung –, und erwähnt auch noch eine dritte Art, die sie offenbar sehr schätzt, nämlich die »Detektivgeschichten, die von einer Art Leidenschaft geprägt sind – von dem leidenschaftlichen Verlangen, dem Unschuldigen zur Seite zu stehen. Denn auf die Unschuldigen, nicht auf die Schuldigen, kommt es an.« (*Meine gute alte Zeit*, S.442)

Diese Äußerungen schrieb Christie im hohen Alter. Sie genießen den Vorzug eines Rückblicks und sind außerdem Teil einer Tirade gegen die Schlechtigkeit und die moderne Nachsicht ihr gegenüber. Die Marple-Krimis können noch mehr als die Poirot-Romane als moralische Erzählungen* in diesem Sinne gesehen werden. Außerdem wird eine Entwicklung erkennbar, die von der Heiterkeit der frühen Romane wie *Mord im Pfarrhaus* über komplizierte Handlungsstränge wie in *Ein Mord wird angekündigt* bis zu den späteren, düstereren Detektivromanen führt, »die von einer Art Leidenschaft geprägt sind«. *Das Schicksal in Person* und *Ruhe unsanft*, in denen es jeweils darum geht, fälschlich Angeklagte zu entlasten, sind Beispiele für diese »leidenschaftliche« Seite in Agatha Christies Werk.

Entsprechend entwickelt sich Jane Marple im Lauf der Romane von einer eher komischen, klatschsüchtigen älteren Dame zu einer sehr viel eindrucksvolleren Gestalt, einer Schicksalsgöttin, Rächerin der Unschuldigen und Agatha Christies Werkzeug der Gerechtigkeit

---

* *Morality Tales* im strengen Sinne hängen mit den *Moralities* oder *Moralitäten* zusammen, christlich-allegorischen Schauspielen des vierzehnten bis sechzehnten Jahrhunderts, in denen das Widerspiel von Lastern und Tugenden dargestellt wurde.

im Detektivroman der Leidenschaft. Sie hätte kaum eine bessere Figur zur Verteidigung der Unschuldigen erfinden können, als diese mahnende Gestalt aus der Kinderzeit, aus Märchen und moralischen Erzählungen: die unverheiratete Tante, die altjüngferliche Lehrerin, die weise Frau des Dorfes. Unbelastet von Sexualität und nicht abgelenkt durch enge emotionale Bindungen ist eine solche Gestalt dazu prädestiniert, die Dinge klar zu erkennen und als Vertreterin der Moral unvoreingenommen zu handeln.

Die Jahre zwischen den Weltkriegen bildeten die Blütezeit der alten Jungfer, und sie waren auch, wie Agatha Christie feststellt, eine günstige Zeit für Detektivliteratur. Der Kriminalroman ging auf kontrollierte, saubere und intellektuelle Art mit Gewalt um, brachte das Böse zur Strecke, verstieß den Verbrecher aus der menschlichen Gemeinschaft, machte einfache moralische Urteile und Charakterbewertungen zu Bestandteilen des Spiels. Mit all dem vermittelte dies Genre einer Gesellschaft, die in den Jahren zwischen 1914 und 1918 zu viele wirkliche Todesfälle und ein bisher ungeahntes Ausmaß an Gewalt erlebt hatte, ein Gefühl von Macht und Sicherheit. Zudem war diese Zeit offenbar besonders günstig für Autorinnen von Kriminalromanen – ermutigt durch die Erfahrungen der Kriegszeit und die neugewonnenen Frauenrechte kultivierten Frauen das Genre des Detektivromans und machten es zu einem Vehikel für ihr eigenes logisches Denkvermögen und ihre moralische Urteilsfähigkeit. Agatha Christies spezifischer Beitrag zu dieser weiblichen Aneignung des Genres war ihre Schilderung eines scheinbar normalen Milieus, der kleinen, untadeligen Gemeinschaft, die dennoch einen Mörder beherbergt. In dieser Hinsicht sind die Miss Marple-Krimis mit ihren dörflichen Schauplätzen, dem Klatsch auf den Tee-Partys und anderen altjüngferlichen Beschäftigungen die charakteristischsten Romane, die Agatha Christie geschrieben hat.

Eine ganz normale Welt, die durch einen Mörder aufgeschreckt wird, den die Beteiligten in manchen Fällen sogar kennen – diese Vorstellung findet sich bei Agatha Christie bereits in einem immer wiederkehrenden Alptraum, unter dem sie als Kind litt. Der Gedanke liegt nahe, den Ursprung all ihrer Kriminalromane in der Notwendigkeit zu sehen, den Alptraum über den »Pistolenmann« auszutreiben, den sie in *Das unvollendete Bildnis* wie auch in ihrer Autobiographie beschreibt. Dieser Alptraum besitzt ein psychologisches Schema, das einem typischen Christie-Roman und insbesondere einer Miss Marple-Geschichte ähnelt:

> Ich nannte ihn Pistolenmann, weil er mit einer Pistole bewaffnet war, nicht, weil ich Angst hatte, daß er auf mich schießen würde. Die Pistole gehörte einfach zu seiner Erscheinung, der eines Franzosen in graublauer Uniform ... Die Pistole war eigentlich mehr eine Muskete. Seine bloße Anwesenheit war erschreckend. Die Träume fingen ganz normal an: eine Teegesellschaft oder eine Promenade mit verschiedenen Leuten, für gewöhnlich irgendeine bescheidene Festlichkeit. Dann überkam mich plötzlich Unbehagen: es war jemand da, der nicht hierhergehörte. Angst stieg in mir auf. Dann sah ich ihn – er saß am Teetisch, spazierte den Strand entlang, nahm an einem Spiel teil. Seine blaßblauen Augen begegneten den meinen, und ich erwachte schreiend. ... Später veränderte sich der Traum, in dem Maß, wie der Pistolenmann sich veränderte: Wir saßen manchmal um einen Teetisch, und ich richtete meine Blicke auf eine Freundin oder auch ein Mitglied der Familie, als mir plötzlich klarwurde, daß es nicht Dorothy war oder Phyllis oder Monty oder Mutter oder wer immer. Die blaßblauen Augen in dem vertrauten Gesicht begegneten den meinen, und ich wußte: in Wirklichkeit war es der Pistolenmann! (*Meine gute alte Zeit*, S.33-34)

Eine »bescheidene Festlichkeit« ist die günstige Gelegenheit für viele von Agatha Christies Morden. Das gewisse Prickeln, das ihre Romane erzeugen, stammt aus der Einsicht, daß die Gefahr nicht unbedingt von außen kommt, sondern Teil des Alltags ist: Der Mörder ist einer von uns. Im Kriminalroman wird der Alptraum spielerisch heraufbeschworen und dann durch die Entdeckung und Gefangennahme des Verbrechers verscheucht. Diese beruhigende Auflösung kann süchtig machen, wie die riesigen Verkaufserfolge von Agatha Christies Romanen zeigen. Zudem ist die Auflösung ausgesprochen konservativ, denn in der nach Aufklärung des Verbrechens wiederhergestellten Welt herrschen im allgemeinen unveränderliche und idealisierte Verhältnisse, die traditionellen Klassen- und Geschlechtertrennungen werden aufrechterhalten und privates Eigentum wird seinen rechtmäßigen Erben zurückgegeben. Wie Cora Kaplan feststellt, verbreiten Agatha Christie und die anderen Königinnen des Kriminalromans in der Zeit zwischen den Weltkriegen die Botschaft der Nostalgie. In ihren Romanen verteidigen sie oft eine soziale Ordnung, »die eindeutig dem Untergang geweiht ist, falls sie nicht schon seit einigen Jahrzehnten aus der wirklichen Welt verschwunden ist« (C. Kaplan: *An Unsuitable Genre for a Feminist*, S.18f.).

Bestimmt vermittelt die Detektivgeschichte Nostalgie und Sicherheit, aber sie besitzt eine zusätzliche Anziehungskraft, die vielleicht noch grundlegender ist und mit dem Akt des Lesens selbst zusammenhängt. Und zwar handelt es sich um ein Element, das sich auch der Überraschungsbestseller der letzten Jahre, Umberto Ecos *Der Name der Rose*, zunutze macht. Dieser Roman spielt in einer

Bibliothek; der Detektiv Bruder William besitzt als einziges Hilfsmittel eine Brille, und die Morde drehen sich um einen verlorenen Aristoteles-Text. Mit anderen Worten, das Buch ist ein (Detektiv-) Roman über das Lesen und Schreiben, der in einer höchst selbstbewußten Art zeigt, daß Lesen ein detektivischer Vorgang ist. Die Detektivgeschichte ist also Lesen in seiner grundlegendsten Form, ein Paradigma dessen, was passiert, wenn wir ein Buch vorne aufschlagen und bis zur schließlichen Auflösung durchlesen. Zumindest soweit es den traditionellen Roman betrifft, bedeutet Lesen, daß wir einer Handlung folgen wie ein Detektiv den Spuren des Verbrechers: Zeichen müssen gedeutet, Indizien erfaßt und im Gedächtnis behalten, die handelnden Figuren eingeschätzt und auf der Basis des Beweismaterials beurteilt werden. In einem »gewöhnlichen« Roman werden diese Tätigkeiten durch den Realismus des Textes überlagert, aber sie sind dennoch vorhanden, denn ohne diese Funktionen des Lesens wären wir nicht in der Lage, den Sinn einer Geschichte zu verstehen und ihr Geheimnis zu lüften. Im Detektivroman wird diese grundlegende Funktion des Lesens zum wesentlichen Kennzeichen, und der Detektiv eine Art Ersatzautor, der uns (nicht immer ganz zuverlässig) durch die erzählte Landschaft führt.

Dazu kommt, daß im Detektivroman eine übertriebene, wenn auch rudimentäre aristotelische (ohne Ecos Roman zu nahetreten zu wollen) Katharsis stattfindet, in deren Verlauf die LeserInnen durch Mitleid und Schrecken geläutert werden, und die sich auch im Erzählmodell von Krise und Lösung zeigt. Ein derartiges Modell findet sich zwar auch in der Komödie und in der Tragödie, aber im Detektivroman wird es so offensichtlich herausgearbeitet, daß es eine eigentümliche Befriedigung bietet. Wie beim Betrachten von Schattenspielen oder Kasperletheater gefallen uns nicht Aufbau, Dichte oder Komplexität, sondern die knappe Definition von Gefühl und Handlung; hier wird menschliches Leben in seiner elementarsten und schlichtesten Form anschaulich gemacht. Und der erzählerische Rahmen einer Detektivgeschichte besitzt, trotz aller kunstvoll ausgearbeiteten Indizien und Nebenhandlungen, eine ähnlich befriedigende, archetypische Einfachheit.

Weil der Akt des Lesens im Dektektivroman so sehr an der Oberfläche stattfindet, beschäftigen sich die LeserInnen direkt und aktiv mit dem Text. Detektivromane – und das gilt besonders für die Romane von Agatha Christie – sind oft einfach geschrieben, haben kurze Kapitel und wenig atmosphärische Hintergrundbeschreibung, und die Figuren sind stereotyp charakterisiert. Das soll nicht unbedingt heißen, daß Krimis einfach zu lesen sind – häufig verlangen sie eine scharfsinnige und konzentrierte Aufmerksamkeit auf das Detail –, doch Vorrang hat die Handlung, in der eine Folge von Ereignissen konstruiert wird, die die Katastrophe, den Mord, erklären. Die LeserInnen werden fast ebensosehr wie der Detektiv in diese Konstruktion der Handlung eingebunden, sie können sich darauf konzentrieren, ohne sich allzusehr um andere Erzählelemente wie komplexe Figurenpsychologie oder sozialen Realismus kümmern zu müssen, die die Lektüre gewöhnlicher Romane erschweren. Wie wir im ersten Kapitel zeigen werden, vertritt der Detektivroman eine ausgesprochen individualistische Ideologie, nicht zuletzt deshalb, weil die LeserInnen beim Versuch, zusammen mit dem Detektiv den Fall zu lösen, in eine Art Do-it-yourself-Handlung einbezogen und aktiv am Prozeß des Erzählens selbst beteiligt sind.

Vielleicht erklärt dies, warum Kriminalromane süchtig machen können und warum sie Wegwerfartikel sind. Auf jedem Flohmarkt finden sich (neben anderen Genreformen wie dem Liebesroman und dem Western) Berge von ausrangierten Krimis, aus denen sich Süchtige gierig ihre LieblingsautorInnen heraussuchen, um sie später auf dem nächsten Flohmarkt weiterzuverkaufen. W.H. Auden beschreibt die suchterzeugende wie zugleich flüchtige Natur des Genres, wenn er erzählt, daß er, sobald er einen Detektivroman begonnen hat, »weder arbeiten noch schlafen kann, ehe ich ihn zu Ende gelesen habe, [aber] ich vergesse die Geschichte, sobald ich sie beendet habe, und verspüre nicht den Wunsch, sie noch einmal zu lesen« (W.H. Auden: *The Guilty Vicarage,* S.146). Ebenso ist es möglich, daß wir uns nicht mehr daran erinnern können, wer der Mörder ist; wir kennen zwar die Abfolge der Ereignisse und das Verbrechen selbst, aber nach einer Weile ist die entscheidende Gestalt des Mörders aus dem Gedächtnis entschwunden, der Pistolenmann hat sich ins Unbewußte zurückgezogen, um den nächsten Alptraum abzuwarten. Vielleicht vergessen wir den Mörder und sogar die ganze Geschichte, weil wir nicht wollen, daß sie jemals endet – es soll, ähnlich wie in *Tausend und eine Nacht,* immer wieder die gleiche Geschichte von Verfolgung und Gefangennahme erzählt (und natürlich auch variiert) werden, bei der wir angenehm erschauern, weil uns ja in Wirklichkeit nichts passieren kann.

In Miss Marple finden all diese seelischen Bedürfnisse der Lesenden – Beruhigung, Sicherheit, Eigenständigkeit – eine Idealgestalt. Als alte Jungfer, eine verachtete und beiseitegeschobene Gestalt der patriarchalen Gesellschaft, ist sie eine bescheidene Amateurdetektivin, mit der wir uns leicht identifizieren oder der wir uns sogar überlegen fühlen können: Bestimmt könnten auch wir ohne weiteres das tun, was sie tut, könnten wir selbst die Detektivin sein und Ordnung in eine Welt bringen, die sich zeitweise im Chaos aufzulösen droht. Zudem repräsentiert Miss Marple eine stabile Welt, deren Schutz sie gewährleistet und die wir, wie trügerisch sie auch sein mag, bewahrt und wiederhergestellt wissen wollen. Sie ist Tantchen Oma, die uns die Behaglichkeit von Melissengeist und Kamillentee bietet. Sie verkörpert die Tante-Emma-Läden, in denen uns stets dieselbe Verkäuferin persönlich bedient. Sie verspricht ein strenges, aber freundliches Regiment. Offenbar repräsentiert sie auch eine nostalgische, ländliche Welt mit vertrauten Menschentypen und feststehenden Hierarchien, in der es viel freie Zeit, keine wirkliche Not, wenig Arbeit (außer für Pfarrer, Ärzte und Dienstboten) und die Geselligkeit einer engen (wenn auch klatschsüchtigen) Dorfgemeinschaft gibt. Es ist interessant, daß die jüngste Miss Marple-Renaissance, insbesondere im Fernsehen, während des Jahrzehnts der Thatcher-Regierung eingesetzt hat. Sind es nicht genau jene von Miss Marple offensichtlich hochgehaltenen viktorianischen Werte, die uns nun wieder anempfohlen wurden? Und der Individualismus, der die wesentliche Ideologie des klassischen Detektivromans bildet, ist das nicht die Philosophie der Unternehmenskultur? Vielleicht ist es gar nicht so weit hergeholt, in den konservativen Überzeugungen Miss Marples etwas von Mrs. Thatcher zu sehen. Eine Nation, die sich für die eine begeistern konnte, begeisterte sich auch für die andere.

Kapitel eins

Schriftstellerinnen und das Goldene Zeitalter des Detektivromans

Als Dorothy L. Sayers 1928 einen Sammelband mit Detektiv-Kurzgeschichten zusammenstellte, äußerte sie sich gegen Ende ihres einleitenden Essays begeistert über Verbreitung und Qualität der damaligen Kriminalliteratur: »Heutzutage ist der durchschnittliche Detektivroman exzellent geschrieben, und es gibt nur wenige gute zeitgenössische Autoren, die sich nicht das eine oder andere Mal daran versucht hätten« (D. Sayers in R. Winks: *Detective Fiction*, 1980, S.83). Andere Autoren – beispielsweise Robert Graves und Alan Hodge – teilten diesen wohlwollenden Blick auf das Genre, aber es gab auch solche, die von seiner steigenden Beliebtheit entsetzt waren. Q.D. Leavis stellte fest, im neunzehnten Jahrhundert habe »ein übermäßiges Verlangen nach leichter Lektüre« als Zeichen von Lasterhaftigkeit gegolten. Mittlerweile aber, zum Zeitpunkt der Niederschrift ihres Buches *Fiction and the Reading Public* (1932), sei der Geschmack der gebildeten Gesellschaftsschichten – Wissenschaftler, Geistliche, Rechtsanwälte, Geschäftsleute – degeneriert. Sie, »die im vergangenen Jahrhundert noch die Hüter des öffentlichen Gewissens in Sachen geistiger Zügellosigkeit waren« (Q.D. Leavis: *Fiction and the Reading Public*, 1932, S.50), seien nun selbst die eifrigsten Verehrer des Detektivromans. Leavis' Eindruck, die Welt sei versessen auf das Nacherleben von Verbrechen, wird durch die Statistiken der Leihbüchereien bestätigt. Bei W.H. Smith bestand ein Viertel der erhältlichen Romane aus Kriminalromanen, Liebesromane machten die Hälfte aus, und den Rest bildeten Abenteuergeschichten. Bei einer weniger anspruchsvollen Bibliothek konnten sogar bis zu 45 Prozent des Titelangebots aus Detektivromanen bestehen (N. Beauman: *A Very Great Profession*, 1983, S.173f.).

Die Jahre zwischen den Weltkriegen, in denen der Kriminalroman zu einem bedeutenden Genre der Unterhaltungsliteratur wurde, sind als das Goldene Zeitalter des Detektivromans bekannt geworden. Diese Bezeichnung ist insofern irreführend, als sie die Existenz eines in sich einheitlichen und »klassischen« Korpus solcher Literatur nahelegt. In Wirklichkeit besitzt der Detektivroman eine ganze

Reihe von Vorläufern und hat sehr unterschiedliche Detektivfiguren und Anschauungen über die Art der Ermittlungsarbeit hervorgebracht. Die in Paris angesiedelten Geschichten Edgar Allan Poes zeigen einen asketischen und unnahbaren Detektiv (Auguste Dupin), während Conan Doyles Sherlock Holmes eine schillernde Gestalt ist, die in spektakuläre Fälle verwickelt wird. In der Zeit zwischen den Weltkriegen steht die humorvolle Distanziertheit der Kriminalrätsel von Dorothy L. Sayers und Agatha Christie im krassen Gegensatz zum hartgesottenen amerikanischen Realismus und der zynischen Haltung eines Privatdetektivs wie Marlowe oder dem wohlwollenden Mitgefühl von Simenons Maigret. Die in den meisten Romanen Agatha Christies skizzierte ländliche Mittelstandsgesellschaft ist etwas ganz anderes als die Verkommenheit der Großstadt, die Dashiell Hammetts skeptische Romane in den Vordergrund rücken. Offenbar gelang es dem Detektivroman im Lauf seiner Geschichte, sich erfolgreich in einer Vielzahl unterschiedlicher kultureller Milieus von der Oberschicht des viktorianischen London bis zum Amerika der Prohibition anzusiedeln. In jüngster Zeit wurde er mit den Romanen von Amanda Cross, Rebecca O'Rourke, Valerie Miner und anderen zu einem Träger des modernen Feminismus. All diese so unterschiedlichen Kulturen und Lebensanschauungen konnte der Detektivroman überzeugend vermitteln.

Die Vielfalt der Stilformen innerhalb eines literarischen Genres, das für seine Vorgaben und Definitionen so berüchtigt ist wie der Detektivroman, mag uns überraschend vorkommen. Denn tatsächlich waren sowohl die Autoren als auch die Literaturwissenschaftler und Kritiker geradezu besessen von dem Wunsch, die Form des Kriminalromans festzulegen und definitorisch durchzusetzen. Dieser Glaube an die Systematisierung ist verständlich, denn bestimmte Merkmale haben allen historischen Veränderungen widerstanden und trotz der unterschiedlichen Formen innerhalb des Genres überlebt. Diese konstanten Faktoren, die wir als das literarische Herz des Genres bezeichnen könnten, betreffen die Beziehung zwischen zwei Individuen, dem Detektiv und dem Verbrecher – eine Beziehung, die auch ein geistiges Duell ist: Selbst in seiner gewaltsamsten Form ist der Detektivroman mehr als nur eine Schießerei zwischen Detektiv und Verbrecher; immer umfaßt er auch eine Prüfung der Klugheit und der Fähigkeit, Schlußfolgerungen zu ziehen. Außerdem zeigt der Konflikt zwischen Detektiv und Verbrecher, wie ambivalent auch immer, den Gegensatz zwischen richtig und falsch, Ordnung und Unordnung auf. Diese Elemente werden so dargeboten, daß ein mehr oder weniger ausgeprägtes literarisches Spiel entsteht, zu dem die LeserInnen eingeladen, wenn nicht gar genötigt werden.

Dieser begrenzte literarische Code, der allen Detektivgeschichten gemeinsam ist, kann auf die Entwicklung einer mächtigen, vermögenden Bourgeoisie im achtzehnten und neunzehnten Jahrhundert zurückgeführt werden. Dieser Aufstieg ging mit enormen Veränderungen der gesellschaftlichen Verhältnisse einher. Zum ersten Mal begann das Kapitaleigentum bei der Kontrolle sozialer Mobilität die Vorherrschaft über das Grundeigentum zu erringen. Kriminalgeschichten spiegeln deutlich das Interesse am Kapital wider, das im achtzehnten Jahrhundert etwas Neues und im neunzehnten Jahrhundert herrschende Macht war. Insbesondere interessiert sie, wie sich das Geld auf persönliche Beziehungen auswirkt, wie Besitz angesammelt und in legitimer Form an die nächste Generation weitergereicht wird. Die Verbrechen im Detektivroman sind in der Regel Vermögens- und Eigentumsdelikte: durch den Mord droht die falsche Person zu erben, oder durch einen Diebstahl wird der rechtmäßige Besitzer um sein Kapital gebracht. Diese Verbrechen sind ein pervertierter Ausdruck der normalen finanziellen Transaktionen und sorgen folglich für große Ängste in der kapitalistischen Gesellschaft, an die sich der Detektivroman wendet.

Der Rang, den Eigentum und Kapital in der Ideologie des Detektivromans genießen, entspricht dem zunehmenden Individualismus in der kapitalistischen Gesellschaft. Wie Stephen Knight (1980) erläutert, kann das Interesse an Verbrechen und der Festnahme des Verbrechers mindestens bis *The Newgate Calendar* (ca. 1774) zurückverfolgt werden. Vergleicht man diese frühe Beschreibung von Verbrechensaufklärung allerdings mit dem späteren Genre des Detektivromans, dann zeigt sich, daß sie auf anderen ideologischen Voraussetzungen beruht. Mühevolle Detektivarbeit fehlt weitgehend: Sobald das Verbrechen begangen wurde, »finden sich einige Männer zusammen«, die den Schuldigen sofort identifizieren und fassen. Diese Gesellschaft ist zwar bereits an finanziellen Transaktionen interessiert, bildet aber noch immer eine festgefügte, organische und monolithische Gemeinschaft – oder zumindest wollen uns diese Geschichten das glauben machen. Aus diesem Grund sind keine Ermittlungen nötig; die Schuldigen verraten sich selbst, sie sind Außenseiter, weil sie sich durch ihr Verbrechen außerhalb der christlichen Gemeinschaft gestellt haben. Und die Gemeinschaft als ganze reagiert und bestraft.

Mit der Entwicklung des Liberalismus verlagerte sich im achtzehnten Jahrhundert der Schwerpunkt der herrschenden Ideologie auf einen Aspekt, der in gewissem Maße schon immer in der westlichen Gesellschaft vorhanden gewesen war: die Bedeutung des Individuums. Der Liberalismus stellt das Individuum in den Vordergrund, seine Situation oder Bedürfnisse und, wie John Stewart Mill, ein Autor des neunzehnten Jahrhunderts verdeutlicht, seine Vernunft. In »Über die Freiheit« (*On Liberty,* 1859) vertritt Mill die Ansicht, ein rationales menschliches Wesen, das logisch und vernunftbegründet handelt, sei ein durchaus erreichbares Ziel. Auch die Romantik hat die wachsende Bedeutung des Individuums nach Kräften gefördert, wenngleich sie eher das Gefühlsvermögen betonte, das sie häufig dem enormen Vernunftglauben entgegensetzte. Aber sie hat dem Individuum auch den Status des Helden verliehen, der nun überlebensgroß und einsam außerhalb der Gesellschaft steht oder sich im Widerstand gegen sie befindet. Aus den Elementen dieser beiden Stränge des neunzehnten Jahrhunderts entstand in der Literatur ein neues Individuum: der Detektiv.

Allgemein gilt Edgar Allan Poes Erzählung *Die Morde in der Rue Morgue* (1841) als erstes englischsprachiges Zeugnis der Detektivliteratur. Poe selbst hätte sich nicht als Kriminalautor betrachtet; er schrieb in der Tradition der *Gothic horror tales,* der Schauergeschichten, zu der auch die Kriminalerzählung gehörte. Dennoch war er es, der die Detektivgeschichte begründete, denn mit der Figur des Auguste Dupin führte er ein, was zum Kennzeichen des Genres werden sollte: den Detektiv. Wie sein berühmterer Nachfolger Sherlock Holmes, der zum ersten Mal in *Eine Studie in Scharlachrot* (1887) auftrat, verkörpert Dupin die Macht der kontrollierenden, ermittelnden Intelligenz, die in einer Welt, die durch die Handlungen eines Verbrechers zeitweilig ins Chaos geworfen wurde, die Ordnung wiederherstellt. Dupin und Holmes sind Meister des logischen Denkens und zugleich selbsternannte Wächter der besitzenden Gesellschaft, auf deren moralisches Wohlergehen sie in sorgfältig festgelegten Grenzen ebenfalls achten. Diese Eigenschaften sowie die romantischen Qualitäten des Einzelgängertums und der Überlegenheit, die Dupin und Holmes an den Tag legen, sind, gelegentlich mit ironischen Abwandlungen, sowohl in Chandlers unerbittlichen Privatdetektiven als auch in Hercule Poirot, Lord Peter Wimsey und in so aktuellen Helden wie P.D. James' Adam Dalgliesh weiterentwickelt worden.

Romantik, Rationalismus und Individualismus der bürgerlichen Gesellschaft sind also die Bedingungen, unter denen das Genre des

Detektivromans entstand, und sie liefern auch seine zentrale Ideologie. Zu der grundlegenden Formel der Handlung, die sich aus dieser Ideologie ableitet, gehört ein rätselhaftes Verbrechen, das sich gegen privates Eigentum oder Erbschaften richtet und von einem detektivischen Helden, dem Hüter der kapitalistischen Gesellschaft, gelöst wird. Diese Grundidee und das dadurch strukturierte Erzählmuster, das alle oder fast alle Detektivromane kennzeichnet, kann den jeweiligen Bedürfnissen einer bestimmten Epoche und einer bestimmten Gesellschaft angepaßt werden. Bei den hartgesottenen Romanhelden von Raymond Chandler oder Dashiell Hammett zum Beispiel wird die rationale Vorgehensweise in einem Verbrechensfall durch das Bedürfnis nach einer packenden, dramatischen Handlung, die mit dem Amerika der Wirtschaftskrise und der Prohibition in Einklang steht, auf eine harte Probe gestellt. Die Kernideologie des Genres wird auf diese Weise durch eine Subideologie erweitert. Während der Ära, in der Agatha Christie berühmt wurde, entwickelten die Detektivschriftsteller in England eigene Varianten und prägten eine so markante und populäre Subideologie aus, daß diese Zeit die Bezeichnung »klassisches« oder »Goldenes Zeitalter« erhielt. Und gerade die Frauen sollten sich in diesem Goldenen Zeitalter als besonders erfolgreich erweisen.

Was den klassischen Detektivroman aus der Zeit zwischen den Weltkriegen prägt, und was seine AutorInnen unbedingt etablieren wollten, war seine Charakterisierung als ein nach fairen Regeln verlaufendes Rätsel oder Spiel. Solche Ideen verfolgte bereits Conan Doyle beim Entwurf seines Sherlock Holmes: Wenn er an frühere Detektivgeschichten dachte,

> ... erstaunte es mich, wie unsinnig sie waren, um es milde auszudrücken. Um ein Geheimnis aufzudecken, mußten die Autoren stets den Zufall zu Hilfe nehmen. Ich fand, das war kein faires Spiel, denn der Detektiv sollte seine Erfolge eigentlich kraft seines eigenen Verstandes erzielen und nicht aufgrund abenteuerlicher Umstände, die außerdem im wirklichen Leben meist gar nicht vorkommen. (Zit. in S. Knight: *Form and Ideology in Crime Fiction*, 1980, S.67)

Aber auch wenn Holmes rational und empirisch arbeitet – »Sie kennen meine Methode. Sie gründet auf der Beobachtung von scheinbar unbedeutenden Kleinigkeiten«, sagt er –, sind seine Verstandesfähigkeiten doch geheimnisvoll, fast übermenschlich. Die LeserInnen werden in den Ermittlungsprozeß nicht einbezogen, sondern schwimmen wie Watson im Kielwasser des Genies Sherlock Holmes. Im klassischen Detektivroman der Zeit zwischen den Weltkriegen werden die bisher passiven LeserInnen eingeladen, die Spuren gemeinsam mit dem Detektiv zu verfolgen: Die Detektivgeschichte wird demokratisch. »Ich glaube, jeder einzelne von uns sieht sich im Innersten gerne als Sherlock Holmes«, sagt der Pfarrer in *Mord im Pfarrhaus*, und wenn das zumindest für die LeserInnen dieses Romans zutrifft, so boten Agatha Christie und ihre Zeitgenossen des Goldenen Zeitalters ihnen den Stoff, um dieser Phantasie zu frönen.

Diese Demokratisierung war 1932 ein wesentlicher Anstoß für die Gründung des Detection Clubs, zu dessen Gründungsmitgliedern G.K. Chesterton, E.C. Bentley und Dorothy L. Sayers zählten. Der Club hatte eine Satzung, Vorschriften und eine Aufnahmezeremonie, angeblich von Dorothy L. Sayers und Chesterton entworfen, bei der die Mitglieder einen Eid ablegten, daß ihre Detektive »die ihnen vorgelegten Verbrechen ordentlich und wahrheitsgemäß aufdecken«, ohne Zuhilfenahme von »göttlicher Eingebung, weiblicher Intuition ... faulem Zauber, unlauteren Tricks, Zufällen oder höherer Gewalt«. Die Mitglieder des Clubs verfaßten auch Aufsätze – S.S. Van Dine etwa schrieb »Zwanzig Regeln für das Schreiben von Detektivgeschichten«, Chesterton »Eine Verteidigung der Detektivgeschichte« und Dorothy L. Sayers Einführungen zu *The Omnibus of Crime* und *Great Tales of Detection* –, die darauf abzielten, die Detektivgeschichte Regeln zu unterwerfen, ihr Anerkennung zu verschaffen und die neuen Aspekte ihrer Form zu betonen, nämlich den spielerischen, rätselartigen Charakter und die Bedeutung des Fair Play. Der Club bemühte sich auch, den Realismus des Genres und seine Beziehung zum Alltagsleben seiner LeserInnen hervorzuheben.

Deshalb wird das Verbrechen der klassischen Detektivgeschichte, in der Regel ein Mord im Zusammenhang mit Geld und Eigentum, in einem respektablen, bürgerlichen Milieu verübt. Die Aufdeckung des Verbrechens vollzieht sich als intellektuelles Spiel, zu dem das Deuten von Zeichen gehört und an dem verschiedene Mannschaften und Mitspieler in einer Art semiotischer Hierarchie beteiligt sind. Auf der untersten Ebene der Erkenntnis stehen die Romangestalten, von denen die meisten, einschließlich des Mörders, absichtlich oder unwissentlich eigene Indizien streuen, die alle anderen Figuren teilweise oder ganz mißdeuten. Die nächsten in der Kette sind die LeserInnen des Romans, die diese Spuren deuten, um selbst das Geheimnis zu entschlüsseln. Dann ist da noch der Spiel-Experte, der Detektiv, der die Zeichen in einer überlegenen, aber nicht übermenschlichen Art interpretiert. Am Schluß steht natürlich der Autor, der oberste Rätselmacher in der Hierarchie; wie ein Schachgroßmeister, der auf mehreren Brettern gleichzeitig spielt, bestimmt er den Fortschritt jedes einzelnen der gespielten Spiele. In einem der Spiele – demjenigen, das er mit den LeserInnen spielt – herrscht, entsprechend den Regeln des klassischen Detektivromans, eine spezielle Beziehung, die als legitime Täuschung bezeichnet werden kann. Die LeserInnen dürfen ausgetrickst und an der Nase herumgeführt werden (tatsächlich liegt ja ein Teil des Vergnügens bei der Lektüre von Detektivgeschichten in diesem Risiko), aber das muß auf faire Weise geschehen: Der Zufall darf nicht überhandnehmen, Intuition sollte möglichst selten eingesetzt werden, und die Fakten, etwa im Zusammenhang mit Giften, der Geographie des Schauplatzes oder der Zeit, die für die Erledigung bestimmter Tätigkeiten nötig ist, sollten stimmen. Vor allem sollten die Spuren nicht beliebig sein: Sie dürfen richtig oder falsch sein, aber nicht rein zufällig, bedeutungslos oder unzusammenhängend. Im Gegensatz zum wirklichen Leben ist die Welt des Detektivs semiotisch ganz und gar determiniert; jeder Anhaltspunkt ist bedeutsam und weist auf die schließliche Entdeckung des Verbrechers und auch auf die Entlastung des Unschuldigen hin. Das vermittelt die angenehme Illusion, daß die Realität verstehbar ist und also kontrolliert werden kann. Wenn der Autor unfähig oder unfair ist, stellt das ein »Verbrechen« gegen die LeserInnen dar, denn das zerstört die subtile Machthierarchie, auf die der Detektivroman angewiesen ist, und beraubt uns der tröstlichen Gewißheit, daß die Logik fähig ist, die Realität zu begreifen. In wirklich befriedigenden Detektivgeschichten der klassischen Art muß der Autor das Spiel gegen den Leser gewinnen und gleichzeitig zeigen, daß jeder mit etwas überdurchschnittlichen logischen Fähigkeiten die Wahrheit über das Verbrechen herausfinden könnte. Die Last dieses Doppelmanövers verlangt in der Regel eine scheinbar unmögliche Lösung der Geschichte, die nicht nur überraschend, sondern auch logisch zwingend ist.

Für Dorothy L. Sayers, die unter den Detektivschriftstellern ihrer Zeit eine der theoretischsten war, bedeutete diese Betonung des Rätsels und des fairen Spiels eine revolutionäre Entwicklung. In den früheren Detektivromanen, wie etwa in einigen Sherlock Holmes-Geschichten, wurden Indizien eingeführt, um eine erlahmende Handlung zu beleben, und Zufall und Intuition spielten eine weit größere Rolle als die Wahrscheinlichkeit. Diese Art der Eigenmacht von seiten des Autors war nun nicht länger gestattet; das Genre wurde kontrolliert und formelhaft, bestimmt von Regeln wie Ronald Knox' »Zehn Gebote für eine Detektivgeschichte«, die Anweisungen enthielten wie »Dem Detektiv darf niemals ein Zufall zu Hilfe kommen, und er darf keinerlei unbegründete Ahnungen haben, die sich später als richtig erweisen« und »Der Detektiv darf nicht zufällig auf für die Auflösung wichtige Spuren stoßen, die dem Leser nicht sofort zur Überprüfung vorgelegt werden«, neben präziseren Bestimmungen wie »Nicht mehr als ein Geheimgang ist erlaubt« und »Der dumme Freund des Detektivs, der Watson, darf Gedanken, die er hat, nicht für sich behalten; er muß Intelligenz besitzen, aber nicht sehr viel, weniger als der Durchschnittsleser« (R. Knox, in Haycraft, *The Art of the Mystery Story*, 1976, S.200-202). Knox übertreibt auf spöttische Weise die Formelhaftigkeit, aber zugleich deutet er auf ein ernsthaftes Bestreben der Schriftsteller zwischen den Weltkriegen hin, das Detektivgenre durch Förderung seiner rationalen Qualitäten aufzuwerten.

Rationalität und Logik, die für den Detektivroman jener Zeit so wichtig sind, zeigen sich de facto auf doppelte Weise. Die Rationalität des Detektivs vollzieht das Denken des Verbrechers nach; auf den Plan des Verbrechers, die Untat zu verüben und der Entdeckung zu entgehen, fällt der Schatten des Detektivs, der dem Plan nachspürt und ihn im letzten Akt aufdeckt. So gibt es zwei einander ergänzende und dialektische Handlungsstränge, die sich gleichzeitig entwickeln und in denen sich die Aufmerksamkeit der LeserInnen auf die Aufklärung des Verbrechens und zugleich auf seine Ursprünge, auf die Zukunft und auf die Vergangenheit richtet. So rückt das im Zentrum der Handlung stehende Verbrechen in den Brennpunkt der allgemeinen Aufmerksamkeit und Kontrolle. Am Ende eines klassischen Detektivromans sind sowohl die Vergangenheit des Verbrechens als auch die Zukunft des Verbrechers bekannt und geklärt. So können die LeserInnen an der Illusion vollständiger Beherrschbarkeit von Vergangenheit und Zukunft teilhaben. Dieses Beharren auf der Logik ist eine Bekräftigung von Macht, eine ideologische Bestätigung, daß das rationale Individuum die Ereignisse steuern kann. Dieser Wunsch nach Kontrolle über die Umwelt steckt, wie beiläufig er auch sein mag, sowohl hinter dem Lesen als auch hinter dem Schreiben von Kriminalromanen.

Doch Kontrolle existiert nur, wenn es Unordnung gibt. Ein großer Teil des Vergnügens bei der Lektüre klassischer Detektivromane liegt in der Möglichkeit, daß die Kontrolle über die Realität nicht aufrechterhalten werden kann und der logische Verstand die Masse an Informationen, von der nur ein Teil zur Wahrheit über das Verbrechen führt, nicht mehr zu bewältigen vermag.

»Das ist höchst interessant«, erklärte [Miss Marple] mit einem leichten Seufzer. »Es geht alles so durcheinander, es scheint alles so unwichtig zu sein, und das, was nicht unwichtig ist, kann man nur schwer ausfindig machen ... es ist so, als sollte man in einem Heuhaufen eine Stecknadel suchen.« (*Ein Mord wird angekündigt*, Kap. 8)

Die Aufgabe des von den Lesenden beschatteten Detektivs ist es, jedem einzelnen Wort jeder einzelnen Figur Rechnung zu tragen und darin die Wahrheit, die Stecknadel im Heuhaufen, zu entdecken. Bevor das geschieht, werden falsche Fährten gelegt, und zeitweise wird die Wahrheit als kompliziert, relativ und schwer zu erfassen dargestellt. So spielt der Kriminalroman mit der Vorstellung, daß die Bedeutungen in sich zusammenbrechen, um schließlich triumphierend festzustellen, daß sie doch existieren; es gibt die Nadel im Heuhaufen tatsächlich. Dorothy L. Sayers' siebter Roman, *Fünf falsche Fährten*, macht das zum Prinzip: Für jeden der sechs Verdächtigen läßt sich ein plausibles Szenario für den Mord an einem Malerkollegen entwickeln. Fünf davon stimmen natürlich nicht, aber bis das entdeckt wird, ist zu befürchten, daß *alle* Versionen gleichermaßen wahr – oder unwahr – sein könnten. Dieser Riß im Herzen der Logik, die Tatsache, daß logisches Denken in einer Welt vielfältiger Bedeutungen zu vielen »Wahrheiten« führen kann, wird schnell wieder verdeckt durch den Erfolg des Detektivs, aber erst, nachdem Autor und Leserschaft einen *Schauder* genossen haben angesichts der Möglichkeit, die Logik könne vielleicht doch nicht imstande sein, die Komplexität des menschlichen Daseins plausibel zu machen.

Indem die Aufdeckung eines Verbrechens als logisches Spiel dargestellt wird, entwickelt der klassische Detektivroman das Paradox, daß gewalttätige Gefühle und Handlungen – das Verbrechen – auf distanzierte, intellektualisierte und sogar humoristische Weise behandelt werden. Dorothy L. Sayers vergleicht das Genre mit einem Seziertisch und besteht auf einem »leidenschaftslosen Blick« von seiten des Autors, einer »distanzierten Haltung«, damit die Analyse der Fakten und das Zusammensetzen von Spuren nicht durch Gefühle des Autors beeinträchtigt werden (D. Sayers in R. Winks: *Detective Fiction*, 1980, S.77). Dabei entsteht das, was George Grella einen »Sittenthriller« nennt, »ein förmliches Menuett, das zu einer unausweichlichen Schlußfolgerung führt, so gesittet und unwirklich wie eine Maske, ein Sonett oder eine Scharade im Wohnzimmer« (G. Grella in R. Winks, *Detective Fiction*, 1980, S.101). Tatsächlich ähnelt der Kriminalroman in seiner Vorliebe für konventionelle Charaktere und Situationen, seiner verwickelten, intellektuelle Betrachtungen betonenden Handlungsführung und seinen kurzen und treffenden Dialogen häufig dem satirischen oder komödiantischen Sittenstück. Viele von Agatha Christies Figuren und das, was sie äußern, könnten ebensogut aus einer Komödie von Oscar Wilde stammen:

»Selina Blake ist wirklich die netteste Frau, die man sich nur vorstellen kann. Ihre Rabatten sind einfach wunderschön ... Und sie ist äußerst großzügig, was Ableger angeht«, sagt Mrs. Bantry in *The Body in the Library (Die Tote in der Bibliothek)*, und diese Worte verraten uns auf ironische Weise alles über Mrs. Bantry und die Welt, in der sie lebt, eine gemütliche Welt, in der die Moral eines Menschen an seinen gärtnerischen Fähigkeiten gemessen wird und die nun von einem Verbrechen bedroht ist. Ein Mord, wie er in diesem Roman geschieht, wo eine ziemlich aufgedonnerte junge Frau tot in der Bibliothek des ehrbaren Colonel Bantry gefunden wird, erzeugt eine für Agatha Christies Romane typische Spannung, da bei ihr der Tatort häufig mit sozialen Peinlichkeiten verbunden ist. Wie der Detektivroman *Das Geheimnis des zerbrochenen Zündholzes*, den Mrs. Bantry gerade liest, beweist, ist die Leiche in der Bibliothek eine Konvention – »In Büchern werden Leichen immer in Bibliotheken gefunden. Ich hätte nie gedacht, daß das im wirklichen Leben auch so ist«, sagt Colonel Bantry –, die Agatha Christie der sozialen und komischen Verwicklungen wegen bedenkenlos verwendet. »Die fragliche Bibliothek muß eine sehr traditionelle und konventionelle Bibliothek sein. Die Leiche ... muß eine abenteuerlich unwahrscheinliche und in höchstem Maße aufsehenerregende Leiche sein«, schreibt sie in ihrem Vorwort zu dem Roman. Dieser Zusammenprall des Konventionellen mit dem Sensationellen läßt die Klassen- und Geschlechterordnung ins Wanken geraten und erzeugt ein Gefühl des Unbehagens, indem Colonel Bantry in den Verdacht gerät, wenn schon nicht der Mörder, so doch der Liebhaber des Opfers gewesen zu sein. Das ist zwar komisch, bildet aber auch eine Gefahr für die festbegründete Ordnung von St. Mary Mead, wo die Bantrys eine angesehene Stellung einnehmen. Viele der Morde in Agatha Christies Romanen geschehen in einer solchen Situation gesellschaftlicher Peinlichkeiten: eine unangenehme Sherry-Party in *Ein Mord wird angekündigt*, ein konfliktreicher Empfang in *Mord im Spiegel* und die mögliche Veruntreuung von Kirchengeldern in *Mord im Pfarrhaus*. So erscheint das Verbrechen in erster Linie als eine gesellschaftlich unpassende Begebenheit, ein neues Beispiel für schlechten Geschmack, und nicht als jenes aufwühlende und traurige Ereignis, das es in Wirklichkeit wäre. Selbst die Beschreibung der Leiche des Opfers ist oberflächlich, stilisiert und knapp, wie in *Mord im Pfarrhaus*, wenn Colonel Protheroe gefunden wird:

> ... lag in einer scheußlich unnatürlichen Haltung über meinen Schreibtisch hingestreckt. Neben seinem Kopf breitete sich auf der Tischplatte eine dunkle Flüssigkeit aus, die langsam auf den Boden tropfte, ein furchterregend monotones Geräusch ... Der Mann war tot – durch den Kopf geschossen. (*Mord im Pfarrhaus*, Kap. 5)

Noch weniger Zeit wird Mr. Fortescue in *A Pocketful of Rye (Das Geheimnis der Amseln)* gewidmet: »... [er] schien sich hinter seinem Schreibtisch vor Schmerzen zu krümmen. Seine konvulsiven Zuckungen waren erschreckend anzusehen ... Noch als sie ihn erreichte, war sein Körper in einer schmerzlichen, krampfhaften Bewegung zusammengezogen.« In beiden Romanen nimmt die Entdeckung der Leiche nicht mehr als acht Zeilen in Anspruch, und die kriminaltechnischen Elemente der Handlung – die Ankunft des Arztes und der Polizei und die Zusammenstellung von Verdächtigen und Beweisen – haben den Akt der Gewalt verdrängt. Wie Stephen Knight sagt:

> ... die Künstlichkeit des aufgebauten Rätsels, die von den Lesern so bereitwillig angenommen wird, beschönigt die Ereignisse. Die spielähnlichen Züge des Romans sind so stark, daß sie die wirklichen Bedrohungen, mit denen gespielt wird, abschwächen. Nur technisch und ästhetisch äußerst überspannte Verfahren können ein solch vollkommenes Rätsel schaffen, und es vermittelt allein durch seine Existenz, daß das alltägliche Leben gar nicht so gefährlich ist. Es erlaubt dem Leser, sich mit seiner Furcht vor anderen – und sogar vor sich selbst – in einer kontrollierten, sauberen Umgebung zu beschäftigen und sie aufzulösen. (S. Knight: *Form and Ideology in Crime Fiction*, 1980, S.127)

Diese Neutralisierung des Mordes durch seine Verwandlung in einen intellektuellen und komischen Vorgang wird dadurch unterstützt, daß das Opfer in der Regel kein anziehender Mensch war, und auch keiner, für den die Lesenden viel Sympathie verspüren oder über den sie viel wissen. Colonel Protheroe in *Mord im Pfarrhaus* beispielsweise ist ein Haustyrann und ein wichtigtuerisches und herrisches Mitglied der Gemeinde, und beinahe jeder, einschließlich des Pfarrers, wäre ihn gerne los; natürlich ist er das Mordopfer, und es gibt zahlreiche Verdächtige, die sich zumindest in Gedanken schuldig gemacht haben. Mr. Fortescue in *Das Geheimnis der Amseln* ist ebensowenig sympathisch, ein Vertreter eines Männertyps, den Agatha Christie offenbar besonders verabscheute: »... ein großer, schwammiger Mann mit einer glänzenden Glatze«, der sich unhöflich und arrogant benimmt und »eindeutig ein tyrannischer Mensch« ist. Die Ausnahmen von dieser Regel des unsympathischen Opfers sind, soweit es Agatha Christies Miss Marple-Romane betrifft, *Ruhe unsanft* und *Das Schicksal in Person*. In beiden Fällen ist das Opfer eine junge Frau, deren Wunsch, der besitzergreifenden Liebe eines Verwandten zu entkommen, zu ihrem Mord führt. Diese Morde wurden vor langer Zeit begangen, und in beiden Romanen herrscht ein Ton des Bedauerns und der Melancholie, der sie von Agatha Christies früheren und eher komischen Kriminalgeschichten unterscheidet.

Wird die emotionale Wirkung eines Mordes in der Regel in streng kontrollierten intellektuellen und komischen Grenzen gehalten, so gilt das ebenso für andere potentiell störende Faktoren, besonders jene, die Klassenverhältnisse betreffen. Denn die Detektivgeschichte spielt zwar mit Unsicherheiten, aber auf eine Weise, die Sicherheit und Gewißheit vermittelt, und die meisten klassischen Kriminalromane vermeiden sorgfältig jede Andeutung eines Klassenkonflikts. Die Bediensteten in Agatha Christies Romanen sind in der Regel dumm und liebenswert, und das äußerste an Rebellion ist es, wenn sie »Stolz zeigen«, wie Mary in *Mord im Pfarrhaus*, oder Miss Marples Vormundschaft verlassen, um in einem Café zu arbeiten, oder sich auf die Suche nach einem Liebhaber zu begeben, wie die leichtgläubige Gladys in *Das Geheimnis der Amseln*. Besonders beim Verbrecher wird auf diesen Aspekt geachtet, denn er stammt selten aus der Arbeiterklasse. Obwohl in Agatha Christies Romanen gelegentlich ein Landstreicher oder ein Butler in Verdacht gerät, stellt sich doch schließlich heraus, daß der Mörder aus der Mittelklasse ist, »einer von uns«, ein Mensch, der über Eigentum verfügt oder zumindest glaubt, einen Anspruch darauf zu haben. S.S. Van Dine betont in »Zwanzig Regeln für das Schreiben einer Detektivgeschichte«, daß der Schuldige kein Dienstbote sein darf, der im wirklichen Leben prompt in Verdacht geriete, sondern eine »ehrenwerte« Person, die »normalerweise« nicht verdächtigt würde (S.S. Van Dine in H. Haycraft, *The Art of the Mystery Story*, 1976, S.189-194). Dieser Ausschluß mordender Bediensteter beschwichtigt die Ängste, die die Mittelklasse bezüglich der Arbeiterklasse hegt. Ein schuldiger Dienstbote oder Arbeiter würde den Kriminalroman zu politisch, zu subversiv machen für die herrschende Klassengesellschaft, auf die er sich ideologisch stützt.

Natürlich kann es mindestens ebenso beunruhigend sein, wenn der Verbrecher »einer von uns« ist. Die meisten Detektivromane beziehen einen Teil ihrer Spannung aus der Möglichkeit, daß Mord oder Betrug von Menschen begangen werden kann, denen man vertraut, sogar von einem Ehepartner, von Kindern oder engen

Freunden. Als Agatha Christie das erste Mal in Erwägung zog, einen Detektivroman zu schreiben, kam sie zu dem Schluß, daß es »ein *intimer* Mord« sein muß, »... er muß sozusagen innerhalb der Familie stattfinden ... Ein Mann könnte seine Frau ermorden – das kam am häufigsten vor« (*Meine gute alte Zeit*, S.255), und damit spricht sie eine Grundangst an, die jeder Mensch bis zu einem gewissem Grad Geliebten, Freunden oder Verwandten, oder, besser gesagt, deren Persönlichkeit gegenüber, verspürt. Es ist der Alptraum vom Pistolenmann: Wir können uns niemals ganz mit dem anderen identifizieren, absolutes Vertrauen und ein vollkommenes gegenseitiges Verständnis sind unmöglich. Statt dessen sind wir gezwungen, mit einem sozialen Kompromiß der Unsicherheit zu leben. Die moderne Kriminalschriftstellerin Ruth Rendell hat über diesen prekären Kompromiß in *The Veiled One* [Die Verschleierte, A.d.Ü.] geschrieben, ein Titel, der Bezug nimmt auf die plötzliche Erkenntnis, daß der engste Verwandte eines Menschen sich bis zur Unkenntlichkeit verändern kann, eine Mutter für ihren eigenen Sohn nicht wiederzuerkennen ist. Das Motiv der verkannten oder falschen Identität kommt in vielen Agatha Christie-Romanen vor, aber die Ängste, die es hervorruft, werden in der abschließenden Aufdeckung des Verbrechens wieder beschwichtigt. In *Ein Mord wird angekündigt* entpuppen sich ein Neffe und eine Nichte als Hochstapler, und in *Das Geheimnis der Amseln* sind die angeheirateten Verwandten in Wirklichkeit die Kinder von Bekannten, die Rache üben wollen. Wenn der Schock der Erkenntnis verdaut ist, wird die Sicherheit wiederhergestellt. Sobald die Identität eines jeden zweifelsfrei feststeht, wird es leicht, das Mordmotiv und damit auch den Mörder zu identifizieren. Danach ist eine Welt geschaffen, die sicherer ist als je zuvor, denn die Wahrheit über jeden einzelnen ist ans Tageslicht gekommen, und jegliche Unsicherheit, jeder Zweifel wurde auf die Gestalt des Mörders zurückgeführt und mit ihr entfernt. So wird die sehr reale Furcht vor den »Verschleierten« im klassischen Kriminalroman in ein Spiel verwandelt, in dem die Feststellung der wahren Identität logisch dazu führt, daß die Gesellschaft von ihren zerstörerischen und störenden Elementen gesäubert wird.

Solche psychologischen Faktoren stehen im Mittelpunkt von W.H. Audens Erklärung für die erstaunliche Beliebtheit von Kriminalromanen. Er stellt die These auf, daß die Detektivgeschichte die »Dialektik von Unschuld und Schuld« neu formuliert. Seiner Auffassung nach ist der typische Leser ein Mensch, der »unter dem Gefühl leidet, eine Sünde begangen zu haben«. Ihn spricht der Detektivroman an, denn das Buch handelt von »der Unschuld, die, so wird entdeckt, Schuld in sich birgt; dann den Verdacht, der Schuldige zu sein, und schließlich die wirkliche Unschuld, aus der der schuldige andere entfernt wurde« (W.H. Auden: »The Guilty Vicarage«, 1963, S.146). Agatha Christie spielt oft mit der Vorstellung, daß man niemandem trauen kann, nicht einmal sich selbst; das ist besonders offenkundig in *Alibi*, wo sich die in gewissem Sinne vertrauenswürdigste Figur als der Mörder entpuppt. Poirot formuliert das treffend, wenn er sagt:

»Nehmen wir einen Mann – einen ganz gewöhnlichen Mann. Einen Mann ohne Mordgedanken im Herzen. Doch irgendwo in ihm – tief unten – schlummert eine Art Schwäche. Bisher war sie noch nicht zutage getreten. Vielleicht wird es auch nie geschehen – dann wird er von jedermann geachtet und verehrt zur Grube gefahren. Aber nehmen wir an, daß irgend etwas sich ereignet. Er ist in Schwierigkeiten ...« (*Alibi*, Kap. 17)

Hinter diesen Aussagen steckt der Gedanke, die Detektivgeschichte sei eine Art moralischer Fabel. »Im Kriminalroman triumphiert stets die Tugend. Er ist die unschuldigste Literatur, die wir besitzen«, sagt Dorothy L. Sayers' Lord Peter Wimsey, und diese volkstümliche Ansicht über den Detektivroman wird von verschiedenen Autoren und Autorinnen des Goldenen Zeitalters geteilt:

Durch seine Darstellung der niemals schlafenden Wächter an den Außenposten der Gesellschaft erinnert er uns daran, daß wir in einer belagerten Festung leben, die mit einer chaotischen Welt im Krieg liegt, und daß die Verbrecher, die Kinder des Chaos, nichts anderes als Verräter innerhalb unserer Mauern sind. (G.K. Chesterton in Haycraft: *The Art of the Mystery Story*, 1976, S.5)

Dieses Gefühl, daß das Böse etwas Einfaches ist, das mit absoluter Sicherheit bezwungen werden kann, schafft ein überlegenes und beruhigendes Moralbewußtsein, das zum offensichtlichen Realismus des klassischen Detektivromans im Widerspruch steht. Chesterton glaubte außerdem, daß der Kriminalroman »die erste und einzige Form der Unterhaltungsliteratur ist, in der etwas von der Poesie des modernen Lebens zum Ausdruck kommt«: »Jeder Pflasterstein und jeder Ziegel in der Mauer ist in Wirklichkeit ein absichtsvolles Symbol, die Botschaft irgendeines Menschen«. Wie Dorothy L. Sayers scheint er sich für den Detektivroman die beste aller Welten zu wünschen: das abstrakte Rätsel, die moralische Erzählung und zugleich die Unabgeschlossenheit und Wahrscheinlichkeit des Realismus. Tatsächlich gelingt es einer geschickten Autorin wie Agatha Christie, diesen Widerspruch mit einem Anstrich von Authentizität und Aktualität zu überdecken, hinter dem das Rätselspiel und die moralische

Erzählung entwickelt werden. Wie das geschieht, kann man an einem Auszug aus Agatha Christies erstem erfolgreichen Roman, *Alibi*, sehen:

Unser Dorf King's Abbot unterscheidet sich kaum von anderen Dörfern. Die nächste große Stadt, Cranchester, liegt neun Meilen entfernt. Wir haben einen großen Bahnhof, ein kleines Postamt und zwei miteinander konkurrierende Gemischtwarenläden. Außerdem gibt es bei uns viele unvermählte Damen und pensionierte Offiziere. Unsere Zerstreuung und Erholung lassen sich mit dem einen Wort »Klatsch« zusammenfassen.

In King's Abbot gibt es nur zwei bedeutende Häuser. Das eine ist King's Paddock, das Mrs. Ferrars von ihrem verstorbenen Gatten erbte. Das andere, Fernly Park, gehört Roger Ackroyd. Ackroyd hat mich seit jeher interessiert, denn er war der Inbegriff eines englischen Landjunkers.

Natürlich ist Ackroyd kein wirklicher Landjunker; er ist ein außerordentlich erfolgreicher Fabrikant – wenn ich nicht irre, von Wagenrädern. In den besten Jahren, gesund und von liebenswürdiger Lebensart. Ein Herz und eine Seele mit dem Vikar, spendet er sehr freigiebig für den Kirchenfonds (trotz aller Gerüchte, daß er in persönlichen Ausgaben außerordentlich geizig sei), unterstützt Kricket-Wettspiele, Klubs für junge Männer und den Veteranenverein. Er ist wirklich Haupt und Herz unseres friedlichen Dorfes King's Abbot. (*Alibi*, Kap. 2)

Diese Beschreibung des Dorfes erinnert ein wenig an Thomas Hardys Melstock oder an das Cranford der Elizabeth Gaskell, das Bild verwendet genügend von der Substanz seiner literarischen Vorgänger, damit die LeserInnen es als Darstellung einer vertrauten und daher »realen« Szenerie akzeptieren. Der Kriminalroman präsentiert uns ein »begreifbares Universum«, bemerkt George Grella (G. Grella in R. Winks: *Detective Fiction*, 1980, S.101), und daher ist es vielleicht auch besser, wenn das Wissen, das er uns anbietet, eher der Literatur als dem Leben entstammt. Die Szenerie wird in einer Art Kurzschrift dargestellt; in diesem Ausschnitt wird das Dorf knapp mit stereotypen, traditionellen Details skizziert und zugleich mit einer ausreichenden Menge aktueller Informationen versehen – Freizeitclubs für junge Männer und Heime für kriegsversehrte Soldaten –, um den oberflächlichen Eindruck zu geben, es sei im modernen Leben angesiedelt. Die Eigentums- und Klassenverhältnisse sind schnell erläutert, und es werden ironische Zeichen gesetzt bezüglich der nun folgenden Handlung: Roger Ackroyd wird bald nicht mehr Haupt und Herz des Dorfes (wenn auch vielleicht seine Seele) und King's Abbot selbst nicht länger friedlich sein. Natürlich ist der Ort ein bewußtes Kunstprodukt; wie Roger Ackroyd ist er wirklicher als die Wirklichkeit, und Agatha Christie gibt das mit erstaunlicher Souveränität zu, sie gesteht sogar ein, daß es eigentlich gar nicht darauf ankommt. Wie beim Schachspiel, wo die Züge der Figuren wichtig sind und nicht das, wofür sie »wirklich« stehen, haben der Schauplatz und die Charaktere in Agatha Christies Roman nur eine schemenhafte Beziehung zu sozialen Bedingungen und historischen Ereignissen. Tod, Krieg, Armut – der Roman wurde 1926, im Jahr des Generalstreiks, veröffentlicht – werden erwähnt, bleiben aber im Hintergrund des Detektivspiels, das der Roman vorführt. Wie John G. Cawelti sagt: »Figuren und Atmosphäre werden auf das äußerste Minimum reduziert und dienen nur als notwendige Verkörperungen für die Struktur von Spurensuche und Täuschung« (J.G. Cawelti in R. Winks: *Detective Fiction*, 1980, S.193).

Obwohl sich die Handlung in diesem Roman inmitten zahlreicher detaillierter und greifbarer Beweise entfaltet, wie etwa einem Verzeichnis der Gegenstände, die sich in der Schublade von Ackroyds Schreibtisch befinden, den Plänen von Ackroyds Haus und dem Zimmer, in dem er starb, wird dieses Material doch ganz begrenzt eingesetzt und rein funktional behandelt. Es vermittelt den Anschein einer wiedererkennbaren sozialen Welt, existiert aber in erster Linie, um die unterschiedlichen Ermittlungsrichtungen im Kriminalrätsel voranzubringen. Unter der Maske des »Realismus« herrscht die Sicherheit, daß das Verbrechen aufgeklärt und folglich das Gute sich durchsetzen und der Übeltäter vor den Richter gebracht wird. Poirot bietet diese Sicherheit, denn, wie George Grella sagt: »Diese Schwäche für das Greifbare schließt eine Welt mit ein, die mit menschlichem Verstand interpretiert werden kann, und diesen verkörpert der überlegene Intellekt des Detektivs« (G. Grella in R. Winks: *Detective Fiction*, 1980, S.101). Poirot ist es, der die Hinweise zusammensetzt, den Mörder entdeckt und entfernt und King's Abbot von diesem zerstörerischen Element befreit: »Es war eigentlich wie ein Puzzlespiel, zu dem alle ein eigenes kleines Stück Wissen oder Erkenntnis beigetragen haben. Aber damit hatten sie ihre Aufgabe erfüllt. Poirot allein hatte die Ehre, diese Stücke an ihren richtigen Platz zu setzen« (*The Murder of Roger Ackroyd [Alibi]* Kap. 14). Das letzte noch fehlende Stück in diesem Puzzle ist die schockierende Enthüllung, daß der Mörder Roger Ackroyds nicht nur achtbar und geachtet, sondern auch vollkommen unverdächtig war. Selbst wenn Agatha Christie durch diesen Roman berühmt wurde, befremdete sie damit doch viele ihrer LeserInnen; entspricht es wirklich noch den Spielregeln, wenn Mörder und Detektiv so miteinander verschlungen und damit die LeserInnen derart getäuscht werden, wie das bei den ersten LeserInnen von *Alibi* der Fall war? Agatha Christies eigene Definition eines »*guten* Kriminalromans« – »daß einer offensichtlich der Mörder sein muß, es aber ebenso offensichtlich aus irgendeinem Grund nicht sein kann. Obwohl er es natürlich ist.« (*Meine gute alte Zeit*, S.255) – wurde hier beinahe zu brillant durchgeführt, um den LeserInnen noch Vergnügen zu bereiten.

Wie *Alibi* zeigt, ist Agatha Christie insofern eine typische Kriminalautorin, als sie sich des Genres, in dem sie schreibt, in höchstem Maße bewußt ist, und das manchmal auf eine so hinterhältige Weise, daß sie es wie eine eher nüchterne und mechanische Übung erscheinen läßt. Das Ganze sei wie Kochen, meint sie in ihrem Vorwort zu *The Body in the Library (Die Tote in der Bibliothek):* »... ein Tennisprofi, eine junge Tänzerin, ein Künstler, eine Pfadfinderin, die Gastgeberin bei einem Ball etc. und das alles à la Miss Marple serviert«. Oder es funktioniert wie ein Zaubertrick – Miss Marple spricht von »Irreführung« –, bei dem der Mörder (und die Autorin) die Aufmerksamkeit von dem, was im Grunde ganz klar auf der Hand liegt, ablenken und das Geschehen verschleiern: »Oft sind Morde ganz einfach – mit einem offensichtlichen, ziemlich gemeinen Motiv«, sagt Miss Marple in *16 Uhr 50 ab Paddington*, wo sich nach vielen falschen Fährten das herausstellt, was Agatha Christie »die gewöhnlichste Form des Mordes« nennt, daß nämlich ein Ehemann seine Frau umgebracht hat. Agatha Christie baut in ihre Romane häufig Verweise auf die Konventionen des Kriminalromans ein, »Insiderwitze« sozusagen, die eine Beziehung zu den LeserInnen herstellen und der Autorin erlauben, ihre Handlung auf ironische Weise gegen die Konvention auszuspielen. In *Die Tote in der Bibliothek* wird Miss Marple von einem kleinen Jungen, der ein leidenschaftlicher Leser von Detektivromanen ist, für eine Kriminalschriftstellerin gehalten: »Wie er wußte, schrieben manchmal Personen, von denen man es niemals für möglich halten würde, Detektivromane. Miss Marple in ihren unmodernen Altjungfernkleidern schien so ein Fall zu sein.« Natürlich verfehlt er damit die noch unerwartetere Pointe, daß sie die *Detektivin* ist. Vorher sagt der kleine Junge zu den Polizisten: »Mögen Sie Kriminalromane? Ich schon. Ich lese sie alle, und ich habe Autogramme von Dorothy L. Sayers und Agatha Christie und Dickson Carr und H.C. Bailey.« Der Bezugsrahmen für diese Art von Witzen unter Eingeweihten kann ziemlich breit sein; in *A Murder is Announced (Ein Mord wird angekündigt)* erinnert Miss Marple beispielsweise vorsichtig an das »leichte Opfer«, einen Gedanken, den sie »aus einer von Mr. Dashiell Hammetts Kurzgeschichten« hat. »(Ich habe von meinem Neffen Raymond gehört, daß er als einer der Spitzenreiter gilt in der Literatur im 'harten' Stil, wie man das so nennt.)« Dieser Roman, eine der besten Marple-Geschichten überhaupt, beginnt mit einer Andeutung, wie beliebt Detektivspiele zu jener Zeit waren, indem er Bezug nimmt auf eine Mörderspiel-Party, die in der Zeitung annonciert wird:

Ein Mord wird hiermit angekündigt. Er wird Freitag, den 29. Oktober, um 6 Uhr 30 abends in Little Paddocks verübt. Freunde und Bekannte sind herzlich eingeladen, daran teilzunehmen. Eine zweite Aufforderung erfolgt nicht.

Die Anzeige könnte sowohl die Einladung zu einer Hochzeit als auch zu einer Beerdigung sein, aber jeder, der das liest, erkennt sie als die zu einem »Mörderspiel«, das für die Uneingeweihten erklärt wird: »Lose werden gezogen. Einer ist der Mörder, niemand weiß, wer. Licht aus. Mörder sucht Opfer. Opfer zählt bis zwanzig, schreit dann. Und derjenige, der den Detektiv gezogen hat, übernimmt die Sache. Befragt alle.« Die auslösende Mordszene in einem beliebten Gesellschaftsspiel der Zeit anzusiedeln, das selbst wiederum auf dem klassischen Detektivroman basiert, schließt den Kreis der Selbstreferenz.

In solchen Anspielungen beweist sich deutlich die Beliebtheit des Genres. Sie dienen auch als Versicherung, daß nichts gegen die Lektüre solcher Bücher spricht: Schuljungen, ehrbare gärtnernde Damen wie Mrs. Bantry, Polizeiinspektoren und insbesondere Pfarrer werden beim Lesen von Romanen entdeckt, die Titel tragen wie *Der dunkle Fleck auf der Treppe* (in: *Mord im Pfarrhaus*) oder *Der Tod kommt dreimal* (in: *Ein Mord wird angekündigt*). Auch wenn sich Q.D. Leavis über das allgemeine Absinken des Lektüreniveaus beklagen mag, so sind doch – zumindest wenn wir den Romanen selbst Glauben schenken – solche Lesegewohnheiten schlimmstenfalls eine verzeihliche Schwäche, und bestenfalls schaffen sie ein Zusammengehörigkeitsgefühl der LeserInnen mit einer Romanfigur, die ein Vorbild aus einer angesehenen Gesellschaftsschicht ist – ein Pfarrer oder ein pensionierter Colonel – und die ebenfalls Kriminalromane liest. Vielleicht war eine solche Identifikation nötig, weil sich eine ganze Schicht relativ neuer LeserInnen, die Arbeiterklasse, leidenschaftlich auf den Kriminalthriller stürzte, der sich von der Detektivgeschichte unterscheidet. Leavis zitiert den Bibliothekar einer öffentlichen Bücherei in der Zwischenkriegszeit, der sagt, auch wenn er weitere 200 Exemplare von Edgar Wallace' Kriminalromanen ins Regal stellen würde, wären diese noch am selben Tag ausgeliehen (Q.D. Leavis: *Fiction and the Reading Public*, 1932, S.50). Agatha Christie und die anderen Autoren des Kriminalclubs bemühten sich, einen anderen Bereich als Wallace abzustecken, und damit eine Mittelklassen-Enklave zu markieren, wo die Schauplätze kultiviert und wohlhabend sind und die Handlung sich eher auf Logik und Verstand als auf Sensation und Gewalt stützt. Das war eine Enklave, in der Frauen als Schriftstellerinnen sehr erfolgreich waren und die erstaunlicherweise sogar ihre Domäne wurde.

Es gab in dieser Zeit vier Autorinnen, gelegentlich die Königinnen des Kriminalromans oder das Musenquartett genannt, die bis heute bekannt sind und gelesen werden. Sie waren in hohem Maße daran beteiligt, das Genre in seiner klassischen Form zu etablieren: Agatha Christie, Dorothy L. Sayers, Ngaio Marsh und Margery Allingham. Dabei stellt sich die Frage, warum sich diese intelligenten Frauen mit offensichtlichem literarischem Talent lieber der Detektivgeschichte als anderen Romanformen zugewandt haben.

In *A Very Great Profession* schreibt Nicola Beauman, die Detektivautorinnen übrigens nicht erwähnt:

> Die Jahre zwischen den Kriegen waren eine Blütezeit für Romane, die von Frauen verfaßt waren. Schließlich war das Schreiben von Romanen eine schickliche Beschäftigung ... Die Frauen der Mittelklasse hatten Zeit und Energie, waren frei von stupider Plackerei und besaßen eine Intelligenz, die nicht von der harten und erschöpfenden Monotonie der Hausarbeit befleckt wurde. (N. Beauman: *A Very Great Profession*, 1983, S.6)

Sie hätte auch hinzufügen können, daß Frauen zunehmend über Fachkenntnisse verfügten. Der Krieg hatte ihnen ermöglicht, Arbeit anzunehmen und entsprechendes Wissen zu erwerben; Agatha Christie mit ihrer Anstellung in einer Krankenhausapotheke ist selbst ein Beispiel dafür. Es gab auch bessere Zugangsmöglichkeiten zu höherer Bildung, so daß Frauen wie Stella Benson oder Naomi Mitchison, die beide Anfang der zwanziger Jahre Geschichte studiert hatten, besser als ihre Vorgängerinnen für das Recherchieren und Schreiben historischer Romane gerüstet waren. Doch trotz der neuen Möglichkeiten und des erweiterten Horizonts blieben, wie Beauman meint, diese schreibenden Frauen ebenso wie ihre viktorianischen Kolleginnen in der Mehrzahl bürgerliche Damen, die über das Leben von ebensolchen Damen – oft in einem romantischen und häuslichen Kontext – schrieben. Der Aufstieg der Kriminalautorinnen muß vor dem Hintergrund dieser von Frauen geschriebenen bürgerlichen Familienromane gesehen werden. Wie Jessica Mann erläutert, galt die Detektivgeschichte für die vielen Frauen, die mit dem Schreiben begonnen hatten, und für die viel größere Anzahl der Leserinnen neuerdings durchaus als schicklich, besonders im Vergleich mit früheren, eher auf Sensation bedachten Romanen wie denen der Baroness Orczy (J. Mann: *Deadlier Than the Male*, 1981, S.32-38). Auch wenn die Kriminalschriftstellerinnen aus dem selben sozialen Milieu stammten wie die zeitgenössischen Verfasserinnen von Liebesromanen, so konnten sie dem Romantischen doch entkommen oder es zumindest in den Hintergrund drängen, indem sie ihre kreative Phantasie mit logischem Denkvermögen und Rätselspielen anreicherten. Früher als alle anderen entfernte Agatha Christie das romantische Element aus ihren Detektivgeschichten – »Ich persönlich habe das Thema Liebe in Kriminalromanen immer sehr lästig gefunden. Es hat in einem logisch aufgebauten Handlungsablauf nichts zu suchen« (*Meine gute alte Zeit*, S.266) – aber sogar bei Dorothy L. Sayers, die die Liebesgeschichte von Harriet Vane und Peter Wimsey durch mehrere ihrer Romane verfolgt, bleibt die Romantik zweitrangig. Eine Ausnahme bildet *Hochzeit kommt vor dem Fall*, dem am wenigsten geglückten und letzten (1937) Kriminalroman, den Sayers als »eine Liebesgeschichte mit detektivischen Unterbrechungen« bezeichnete. Was die klassische Form des Genres den Autorinnen und ihren Leserinnen bot, war die Gelegenheit, innerhalb von Anstand und Häuslichkeit zu bleiben, sich auf die weibliche Sphäre zu beschränken und diese Sphäre gleichzeitig zur Befriedigung anderer Bedürfnisse zu nutzen.

Agatha Christie selbst war typisch für jene Frauen, die Kriminalromane schrieben und lasen. Mit ihrer behüteten Kindheit in wohlhabenden Verhältnissen, ohne reguläre Schulbildung und jung verheiratet, hätte sie wohl ohne den Krieg nie eine bezahlte Stellung angenommen. Damals wurde sie nach einiger Zeit als Schwesternhelferin Assistentin in einer Apotheke und bereitete sich auf die Apothekerprüfung vor. Wie Janet Morgan erklärt, kam diese Arbeit Agatha Christies Talent zur Systematisierung und zum geordneten Denken sehr entgegen, und ihr Notizbuch enthält alphabetische Listen über »das Aussehen und die Wirkung verschiedener Substanzen, die Rohstoffe, aus denen sie gewonnen werden, und die Substanzen, mit denen sie sich nicht vertragen« (J. Morgan: *Agatha Christie*, engl. 1984, S.70). Hier lernte sie auch einiges über Gifte. In ihrer Autobiographie erinnert sie sich an einen Vorfall, der zeigt, wie sehr sie sich der verschiedenen Formen der Macht bewußt war, die die Menschen haben können. Ihr Vorgesetzter war ein Mann, der völlig unfähig war, einen Fehler einzugestehen, so daß sich Agatha Christie einmal gezwungen sah, ein Medikament wegzuwerfen, anstatt ihm zu erzählen, daß er es falsch verschrieben hatte. Eines

Tages zeigte er ihr ein Stück einer dunklen Substanz, die er in seiner Jackentasche trug.

»Das ist Kurare«, sagte er. ... »Interessantes Zeug. ... Wenn man es schluckt, richtet es keinen Schaden an. Kommt es in die Blutbahn, lähmt und tötet es das Opfer. ... Wissen Sie, warum ich es bei mir trage?« – »Ich habe keine Ahnung«, sagte ich. ... »Ja, wissen Sie«, sagte er nachdenklich, »es gibt mir ein Gefühl der Allmacht.« Ich betrachtete ihn. Er wirkte ein bißchen komisch, der rundliche kleine Mann mit seinem rosigen Vogelgesicht. Er erweckte den Anschein kindlicher Zufriedenheit. (*Meine gute alte Zeit*, S.254)

Fünfzig Jahre später verwendete Agatha Christie diesen Vorfall in dem Roman *Das fahle Pferd*. Er gewährt erhellende Einblicke in die jeweiligen Machtspiele, die etwas an den Rand der Gesellschaft gedrängte Menschen spielen: der unbedeutende Mann trägt ein Stück Tod in seiner Jackentasche, die Frau schreibt über den Tod.

Aber selbst literarischer Mord und Raub mag für wohlerzogene junge Frauen à la Christie unpassend erscheinen. Woher kannten sie das Elend und die Gewalt, die einen Mord gewöhnlich begleiten? Natürlich konnte ihnen dergleichen vertraut sein, denn viele hatten, wie Agatha Christie, im Krieg ihre Erfahrungen gemacht, und kein Mord übertraf an Grausamkeit das, was sie an Kriegsverletzungen gesehen haben mochten. Doch im allgemeinen herrschte die Ansicht, daß sie ahnungslos waren und es auch bleiben sollten, und ihre Romane werden dieser Ansicht gerecht. Der unblutige und stilisierte englische Detektivroman machte das Verbrechen für Autorinnen und Leserinnen annehmbar, und die Konventionen, der Humor und die ritualisierten Schauplätze neutralisierten das grausame und möglicherweise gegen den guten Geschmack verstoßende Thema zu einem eleganten Spiel, das sich auch für anständige Frauen schickte. Zu jener Zeit, als Agatha Christie zu schreiben begann, hatte sich das Genre außerdem bereits beträchtlich von der schwärmerischen Bewunderung für die tatkräftigen Abenteuer der Sherlock Holmes-Geschichten entfernt und weniger heroische, gewöhnlichere Detektive hervorgebracht. Zwischen den Weltkriegen waren sowohl Held als auch Handlung unspektakulärer und alltäglicher geworden, so daß sich Leserinnen und Autorinnen auf die nicht völlig unvertraute Welt, die der Kriminalroman schildert, einlassen konnten. Mit dem Auftauchen der vier Königinnen des Kriminalromans hatte sich dann das Untergenre, das wir den weiblichen Detektivroman nennen können, vollständig etabliert.

In erster Linie wird dieses Genre von der Art der Detektive bestimmt, die diese Autorinnen einführten. Nicht nur, daß sie Frauen als Detektivinnen und Ermittlungshelferinnen einsetzen – Harriet Vane, Miss Climpson, Troy Alleyn, Margery Allinghams Amanda Fitton, Agatha Christies Ariadne Oliver und natürlich Miss Marple –, auch ihre männlichen Detektive tragen weibliche Züge. Agatha Christies Hercule Poirot, Dorothy L. Sayers' Peter Wimsey und Margery Allinghams Albert Campion sind als Männer abweichend und oft komisch, himmelweit entfernt von Sherlock Holmes oder ihrem Zeitgenossen Marlowe aus der hartgesottenen Schule, und das macht sie zugänglich und liebenswert.

Agatha Christie schildert Poirot als einen »adretten kleinen Mann. Ich könnte ihn mir als einen adretten kleinen Mann vorstellen, der ständig Sachen ordnet, Dinge gerne doppelt besitzt und eckige Gegenstände den runden vorzieht«, und in *Alibi* wird er vorgestellt mit einem »eiförmigen Kopf, der teilweise mit verdächtig schwarzem Haar bedeckt ist, mit einem mächtigen, zweigeteilten Schnurrbart und aufmerksamen Augen«, und absurderweise wirft er gerade Eierkürbisse über die Gartenmauer. Poirot ist klein, eitel, hochmütig und ein Ausländer, noch dazu ein Belgier, was für Engländer heißt, daß er sogar für einen Ausländer außerordentlich unbedeutend ist. Margery Allinghams Campion ist ebenfalls entwaffnend; in *Police at the Funeral* wird er beschrieben als »eine hagere, tadellos gekleidete Gestalt mit einem blassen Gesicht, das von einer enormen Hornbrille halb verdeckt wird und den gewohnheitsmäßigen Ausdruck zufriedener Idiotie trägt«. In gleicher Weise heißt es über Dorothy L. Sayers Peter Wimsey in *Whose Body?*, der ein »langes, liebenswürdiges Gesicht hat, das aussieht, als sei es von selbst aus seinem Zylinderhut entstanden, so wie sich weiße Maden in Gorgonzola bilden«. Selbst Ngaio Marshs Inspector Roderick Alleyn, der einzige Polizist unter ihnen, ist träge und zurückhaltend und, wie Wimsey und Campion, ein Aristokrat. Ihre adlige Herkunft spricht den Snobismus der LeserInnen an und verleiht ihnen zugleich – in dieser Hinsicht sind sie wie Poirot – in der meist bürgerlichen Welt des Verbrechens die Rolle des Außenseiters.

Die Mischung aus Kraftlosigkeit, Exotik und Komik, die diese Außenseiter verkörpern, ist eine sehr wirksame Verkleidung. Sie sehen vielleicht dumm aus, wirken vielleicht eitel und affektiert, aber hinter dieser Oberfläche verbergen sich logische Fähigkeiten und ein ziemlich unbarmherziges Streben nach Gerechtigkeit. Es ist leicht nachzuvollziehen, wie anziehend solche Gestalten auf Autorinnen und Leserinnen wirken; sind nicht Poirot und seinesgleichen den Frauen selbst sehr ähnlich – scheinbar unbedeutend, aber in

Wirklichkeit diejenigen, die das Muster zusammenfügen und in einer erschütterten Welt wieder Ordnung schaffen?

Und das erreichen sie nicht mittels der einsamen und beinahe übermenschlichen Taten eines Sherlock Holmes oder der gefährlichen Gewalttätigkeit eines Marlowe. Albert Campion ist höflich und bescheiden, er verbringt seine Zeit gern mit närrisch erscheinenden Tätigkeiten. Und obwohl Poirot so sehr auf »die kleinen grauen Zellen« vertraut, ist auch er kein weltfremder Denker, sondern ein Mann, der in den Beweisstücken herumstöbert und auf umständliche und freundliche Art mit Leuten plaudert. Solche Detektive vermitteln den LeserInnen, daß die Aufdeckung eines Verbrechens auch von gewöhnlichen Menschen geleistet werden kann, und die Lektüre dieser Kriminalromane verleiht auf vergnügliche Art das Gefühl, mächtig zu sein; obwohl ein Poirot, ein Campion oder eine Marple den Weg weisen, bleibt doch der Eindruck, daß die Lösung eines Falles im Grunde eine Do-it-yourself-Angelegenheit ist.

Das ist beim weiblichen Lesepublikum besonders dann der Fall, wenn eine der Assistentinnen des Detektivs ein Beweisstück findet, das nur einer Frau zugänglich ist: Harriet Vane etwa in einem Frauen-College in Oxford, oder Miss Climpson, die sich zu einer Sterbenden Zugang zu verschaffen sucht, indem sie sich durch zahllose Tassen Kaffee und Tee in verschiedenen Teestuben trinkt, um sich mit der Krankenschwester der Frau anzufreunden. Wie wir im dritten Kapitel sehen werden, ist es Jane Marple, die diese weiblichen Beschäftigungen zu ihrer Spezialität macht und dadurch nicht die Assistentin des Detektivs, sondern die Detektivin selbst wird.

Die Umgebung, in der diese Detektive operieren, ist ebenfalls vertraut. Häufig geschieht der Mord in einer Familie, die gesellschaftlich nur ein kleines Stück über der durchschnittlichen Mittelschichtsleserin steht, so daß einerseits die sozialen Muster wiedererkennbar sind – der Tee wird zu einer bestimmten Zeit serviert, gut erzogene Mädchen kleiden sich so und nicht anders, es ist klar, wer wem einen Besuch abstatten darf –, andererseits aber sich ein gewisser Glanz zeigt, wie ihn etwas mehr Geld und etwas mehr Vornehmheit mit sich bringen, welche ja außerdem eine größere Versuchung für das Verbrechen bieten. Insbesondere Agatha Christie besitzt die Gabe, die Stufenleiter von Vermögen und Gesellschaftsklasse genau einzuschätzen, und benutzt als Maßstab oft Miss Marple, die arm ist, aber aus gutem Hause stammt. Agatha Christie ist auch eine Meisterin in der Verwendung von scheinbar gewöhnlichen und vertrauten Umgebungen für ihre rätselhaften Morde. Margery Allingham und Ngaio Marsh wagen sich oft in die glitzernde Welt der Kunst und des Theaters, und Dorothy L. Sayers ist am besten, wenn sie eine ungewöhnliche Umgebung beschreibt, wie das Frauen-College in *Aufruhr in Oxford* oder die düstere Fenn-Landschaft von *Der Glocken Schlag* (auch veröffentlicht unter dem Titel *Die neun Schneider)*. Aber Agatha Christie läßt ihr Verbrechen in einer scheinbar (wenn schon nicht im Leben, so doch in der Literatur) sicheren und bekannten Gesellschaft stattfinden, die Colin Watson »die kleine Welt von Mayhem Parva« nennt:

> ... eine Kreuzung aus einem Dorf und einer von Pendlern bewohnten Schlafstadt im Süden Englands, die eine in sich geschlossene und weitgehend unabhängige Einheit bildet. [Mayhem Parva] besitzt eine gut besuchte Kirche, ein Gasthaus mit ordentlichen Zimmern für durchreisende Kriminalinspektoren, eine Dorfschule, eine Bibliothek und verschiedene Läden, darunter auch eine Drogerie, wo es Unkrautvertilgungsmittel und Haarfärbemittel zu kaufen gibt. Die Gegend ist ländlich, aber nicht ganz abgelegen – es gibt beispielsweise eine gute Busverbindung, damit verdächtige Verabredungen in der nächsten Stadt eingehalten werden können –, aber dennoch ausreichend malerisch, um die bedauerlich ahnungslose Sehnsucht eines englischen Vorstadtbewohners nach dem Rückzug »aufs Land« zu bedienen. (C. Watson: *Snobbery with Violence*, 1971, S.169-170)

Mayhem Parva ist wie King's Abbot mit Stereotypen bevölkert: Die Armee, die Kirche und die Ärzteschaft sind vertreten, zusammen mit verschiedenen Witwen, alleinstehenden Damen, einer Handvoll Dienstmädchen, Butlern und Gärtnern und ein paar Außenseitern – wohlhabende ehemalige Geschäftsleute, die Emporkömmlinge sind, ein Künstler oder Schriftsteller, und gelegentlich eine geheimnisvolle Person, die sich in Mayhem Parva ansiedelt, deren Ankunft die allgemeine Neugier weckt, und die natürlich zur Schlüsselfigur des Verbrechens und seiner Aufdeckung wird. Meist handelt es sich um eine weibliche Welt des Klatsches und der kleinen Intrigen – Cranford, gewürzt mit einem Mordrätsel – und ist damit für das weibliche Lesepublikum auf beruhigende Weise konservativ. Agatha Christie, die diese Welt schon in ihren ersten Romanen einführte, insbesondere in *Alibi*, gab ihr, als Inbegriff einer Mayhem Parva-Gestalt, den *genius loci* in Form der wohlerzogenen, sehr englischen alten Jungfer Miss Marple.

Auch wenn Miss Marple und St. Mary Mead nostalgische Klischees sind, so werden sie doch oft durch eine Ironie akzentuiert, die verhindert, daß Klischees, insbesondere Klischees über Frauen, allzuleicht übernommen werden. Agatha Christie setzt diese Ironie häufiger ein als ihre Zeitgenossinnen, deren Ausflüge in die weibliche Unabhängigkeit unweigerlich in der herkömmlichen Unterwerfung unter einen männlichen Detektiv enden, der zugleich der Ehemann ist oder wird: Harriet Vane und Peter Wimsey, Agatha Troy und Roderick Alleyn. Aber Miss Marple, die niemals feministische Erklärungen von sich gibt, ist nicht nur eine wirklich unabhängige Frau, sondern auch die eigentliche Detektivin, vor der sogar Polizeiinspektoren gehörigen Respekt haben. Auch im Kleinen zerstört Agatha Christie die Stereotypen, die sie benutzt. In *Mord im Pfarrhaus* beispielsweise sagt Inspector Slack, daß der Mörder ein Mann sein muß, weil »Frauen niemals gern mit Feuerwaffen hantieren. Arsen liegt mehr auf ihrer Linie«, aber dennoch hat eine Frau Colonel Protheroe erschossen, und zwar kaltblütig und mit einer durchdachten Strategie. In *Die Schattenhand* stellt sich, nachdem der Verdacht vor allem auf alleinstehende Frauen im Dorf gefallen war, heraus, daß die gehässigen Briefe in Wirklichkeit von einem Mann geschrieben wurden, der die geistlose, schöne Gouvernante heiraten wollte; Männer können »weibliche Verbrechen« begehen, während sie sich gleichzeitig, stereotyp, von schönen Frauen zum Narren machen lassen. (In dieser Beziehung ist Agatha Christies Roman weniger konventionell als Dorothy L. Sayers' *Aufruhr in Oxford*, wo sich schließlich doch erweist, daß die Schreiberin des bösartigen Briefes eine verbitterte, rachsüchtige Frau ist.) In *Fata Morgana* ist die Mörderin scheinbar das Ideal einer zarten, weltfremden Frau der zwanziger Jahre, die Männer – und auch Frauen – beschützen wollen, aber ihre Weltfremdheit erweist sich als schuldhaftes Komplizentum mit dem Bösen, und ihre Zartheit wird ebenfalls als eine Art Stärke enthüllt, mit der sie überlebt, wo andere untergehen.

Miss Marple selbst ist das wesentliche Instrument solcher ironischer Spiele, wenn sie immer wieder die Überlegenheit der (Frau als) Amateurdetektivin über den (männlichen) Profi oder vielmehr eigentlich über Männer im allgemeinen zeigt:

> Ich habe gehört, daß Pikrinsäure explodiert, wenn man ein Gewicht darauf fallen läßt, und Sie werden sich noch erinnern, lieber Herr Pfarrer, daß Mr. Redding, als Sie ihn im Wald ausgerechnet dort trafen, wo Sie später diesen Kristall gefunden haben, einen großen Stein trug. Männer sind ja handwerklich so geschickt – der Stein wurde über den Kristallen aufgehängt, und dann brauchte es nur noch einen Zeitzünder – oder meine ich eine Lunte? (*Mord im Pfarrhaus*, Kap. 30)

Es versteht sich von selbst, daß sich der Pfarrer nicht an den Stein erinnert und daß er, wie auch die anderen Männer in diesem Roman – mit Ausnahme des Verbrechers –, handwerklich nicht geschickt ist. Das Klischee über die praktischen Fähigkeiten der Männer wird mit einem kleinen altjüngferlichen Augenzwinkern übermittelt, das den LeserInnen auf amüsante Weise die Absurdität bewußt macht. In solchen Details des Dialogs und der Handlung sind Agatha Christies Romane auf scharfe Weise kritisch und untergraben die gesellschaftlichen Strukturen, die ihr ideologischer Hintergrund ohne Zweifel aufrechterhält.

Vielleicht die größte Ironie von allen ist die Beliebtheit der Marple-Romane. Ausgerechnet diese ungeheuer erfolgreichen Geschichten, die den Erben Agatha Christies riesige Geldsummen einbringen, von Tausenden von LeserInnen leidenschaftlich gern gelesen und als Fernsehfilme von Tausenden von ZuschauerInnen begeistert verfolgt werden, stellen die bescheidenste und häuslichste Form des Detektivromans dar. Wie wir in den nächsten beiden Kapiteln sehen werden, gelingt Agatha Christie diese eindrucksvolle Demokratisierung des Genres, indem sie Vorurteile gegen Frauen (daß ihr Leben unbedeutend ist) und gegen alte Menschen (daß sie töricht und langweilig sind) verarbeitet. Die Miss Marple-Romane weisen darauf hin, daß sich um die kleinsten Dinge des Lebens eine Logik rankt, die zugleich unerbittlich in die tiefsten Tiefen der Gesellschaft und der menschlichen Psyche hineinreicht. Und sie führen vor, daß Frauen, insbesondere alte Frauen, durch ihre Beschäftigung mit den banalen Dingen des Lebens ein logisches Denkvermögen besitzen, das sie zu idealen Sachverständigen für Gerechtigkeit und sogar zu Werkzeugen des Schicksals macht:

»Weißt du, mein lieber Raymond [sagte Miss Marple], wenn *ich* [Macbeth] aufführen würde, würde ich die drei Hexen *völlig* anders zeigen. Bei mir wären sie drei ganz normale alte Frauen. Alte Schottinnen. Sie würden nicht tanzen oder herumhüpfen, sondern einander nur ziemlich verschlagen ansehen, aber hinter der Fassade ihrer Gewöhnlichkeit könnte man die Bedrohung spüren.« *(Ruhe unsanft)*, Kap. 8)

Kapitel zwei

Miss Marple, die alte Jungfer

»Betagte Klatschtanten, schnurrige alte Schachteln sind die einzig möglichen weiblichen Detektive, und Miss M. ist reizend«, schrieb Dorothy L. Sayers bald nach der Veröffentlichung des ersten Miss Marple-Buchs, *Mord im Pfarrhaus*, im Jahr 1931, an Agatha Christie. Im gleichen Jahr hatte Dorothy L. Sayers ihre eigenen Klatschtanten vorgestellt – Frauen »der in liebloser Weise als 'überflüssig' bezeichneten Kategorie«. Sie gehören zu dem scherzhaft »Katzenhaus« *(Cattery)* genannten und als Schreibstube getarnten Detektivbüro, das Lord Peter Wimsey in *Starkes Gift* begründet. Die meisten dieser überflüssigen Frauen im Schreibbüro sind alte Jungfern; ihren unausgefüllten Stunden und leeren Geldbörsen verhilft Wimsey mit Wohltätigkeit und Scharfsinn zu neuem Inhalt, denn er überträgt ihnen Aufgaben im Bereich der kriminalistischen Ermittlung. Leiterin des »Katzenhauses« ist Miss Climpson, die sich wie Miss Marple darauf spezialisiert hat, Verbrecher durch Klatsch zu enttarnen.

Zwar gab es die Figur der Detektivin schon in den Romanen der sechziger Jahre des 19. Jahrhunderts, doch die altjüngferliche Kriminalistin ist eine spätere Entwicklung, die laut Michele B. Slung zum ersten Mal in Miss Amelia Butterworth Gestalt annahm, dem »aufdringlichen ältlichen Fräulein« in Anna K. Greens *The Affair Next Door* (1897) (Michele B. Slung: *Crime on Her Mind*, 1976, S.xxii). Allerdings war dies ein amerikanischer Roman; im englischen Detektivroman dagegen mußte die alte Jungfer auf die zwanziger Jahre unseres Jahrhunderts warten, als Agatha Christie entdeckte, welche Möglichkeiten in solch einer Figur schlummerten. Sie fand sie in Miss Sheppard, der Schwester des Arztes in *Alibi:* »Sie war in diesem Buch meine Lieblingsfigur gewesen: eine neugierige, bissige alte Jungfer, die alles wußte und alles hörte; das ideale Detektivbüro für den Hausgebrauch« (*Meine gute alte Zeit*, S.437). Dr. Sheppard betrachtet seine Schwester mit liebevoller Herablassung als Klatschbase und Wichtigtuerin, aber Hercule Poirot erkennt ihre Macht und ihren Nutzen als Sammlerin von Informationen und als intuitive Entdeckerin der Wahrheit an: »Frauen beobachten ständig Tausende kleiner Details, ohne daß sie sich dessen bewußt sind. Ihr Unterbewußtsein fügt diese kleinen Dinge zusammen – und das Ergebnis nennen sie Intuition« (*Alibi)*, Kap. 13).

In Miss Sheppards Art von detektivischem Spürsinn liegt bereits der Keim von Miss Marples Fähigkeit, triviale Details des Alltags zu sammeln und sie miteinander in Beziehung zu setzen, um zur Wahrheit über das Verbrechen zu gelangen. Es ist lehrreich, diese Vorgehensweise mit dem kriminalistischen Geschick der einzigen anderen detektivischen alten Jungfer in den Kriminalromanen der zwanziger Jahre zu vergleichen, nämlich Patricia Wentworths Miss Maud Silver. Auf den ersten Blick scheint Miss Silver ähnlich altjüngferliche Eigenschaften wie Miss Marple zu besitzen und damit ihre Vorgängerin zu sein. Wie Miss Marple verehrt auch Miss Silver den Dichter Tennyson, und in anderer Hinsicht ist sie ebenfalls altmodisch; insbesondere gibt sie sich mit Leidenschaft dem Stricken hin: »Was für eine kleine viktorianische Person! [Charles] bemerkte den halbfertig gestrickten Strumpf auf ihrem Schoß, der noch von Nadeln starrte ... Sie nahm den Strumpf auf und begann zu stricken, wobei sie die Nadeln auf deutsche Art hielt« (Patricia Wentworth, *The Grey Mask [Die graue Maske]* [1929], Kap. 11). Doch was ihren Spürsinn betrifft, hat Miss Silver nichts von der Glaubwürdigkeit einer Miss Sheppard oder Miss Marple. Auf ganz unmögliche Art und Weise taucht sie am Ort eines potentiellen Verbrechens auf, errät ohne Erklärung oder Logik, wer der Mörder ist, und wäre eigentlich eher in einem platten Thriller am Platz als in den von logischen Schlußfolgerungen geprägten Kriminalgeschichten, die in der Zeit zwischen den Weltkriegen ihren Höhepunkt erreichten. Miss Silvers altjüngferliche Erscheinung paßt ebensowenig zu ihrem erstaunlichen Verhalten wie zu der weithergeholten Handlung der Romane, in denen sie auftritt. Im Gegensatz dazu zeigt der Charakter Miss Marples einen klischeehaft gezeichneten Realismus, der überzeugend genug ist, um unsere Ungläubigkeit für die Dauer der Erzählung aufzuheben. Sie entspricht unserem Bild einer älteren Jungfer, und ihre detektivischen Methoden beruhen auf den Eigenschaften, die wir einer solchen Person zuschreiben. Auch Rahmen und Handlungsverlauf der Miss Marple-Geschichten passen zu der Lebensweise einer alten Jungfer. Allerdings ist es durchaus möglich, daß Agatha Christie als begeisterte Krimileserin die Bücher von Patricia Wentworth kannte, sich für die Idee einer solchen Detektivin begeisterte und einige Eigenschaften Miss Silvers – insbesondere das Stricken – entlehnte, als sie im Jahr nach der Veröffentlichung von *Die graue Maske* ihre eigene altjüngferliche Detektivin zum Leben erweckte.

Doch bevor Miss Marple tatsächlich auf der Bildfläche erschien, tauchte die Gestalt der alten Jungfer im Werk Agatha Christies ein zweites Mal flüchtig auf, und zwar in einem 1928 veröffentlichten Poirot-Roman, *Der blaue Expreß*, in dem St. Mary Mead, das Dorf in Kent, in dem Miss Marple schließlich leben wird, erstmals Erwähnung findet. Agatha Christie schätzte diese zweitrangige Arbeit überhaupt nicht; es war der erste Roman, den sie nach dem Scheitern ihrer Ehe mit Archie Christie schrieb und den sie sich abrang, weil sie Geld brauchte. Sie behauptete, mit diesem Buch habe sie sich von einer Amateurin zu einer professionellen Schriftstellerin gewandelt, was bedeutete, »daß man schreiben muß, auch wenn einem nicht danach zumute ist und auch, wenn man nicht sehr gern oder besonders gut schreibt« (*Meine gute alte Zeit*, S.361).

Die eher nichtssagende, unverheiratete Heldin aus *Der blaue Expreß* lebt seit zehn Jahren als Gesellschaftsdame einer gewissen Mrs. Harfield in St. Mary Mead. Diese stirbt zu Beginn des Romans und hinterläßt Katherine eine Erbschaft. Während der abenteuerlichen Auslandsreisen, die sie mit diesem Geld unternehmen kann und in deren Verlauf sie auch einen Mord aufklärt, denkt Katherine oft wehmütig an das geordnete, normale Leben in St. Mary Mead; einmal kehrt sie sogar dorthin zurück, um eine ältere Freundin zu pflegen, eine lebhafte alte Dame, die an Miss Sheppard erinnert. Am Ende des Romans heiratet Katherine höchst unwahrscheinlicher Weise einen charmanten, verantwortungslosen Mann und vermeidet dadurch das Los, das ihr bestimmt gewesen zu sein schien, nämlich, selbst eine ehrenwerte alte Jungfer zu werden. Es ist schwer, in dieses Ende nicht auch autobiographisches Wunschdenken hineinzulesen; denn die Zukunft einer alten »Jungfer«, die Agatha Christie als geschiedener Frau aller Voraussicht nach selbst bevorstand, wird hier durch eine romantisierende Lösung ersetzt: ein launischer Mann erkennt die Unsinnigkeit seiner Launen und klammert sich an eine sensible, reife Frau. Außerdem kommt dieser Schluß dem Romantizismus entgegen, den Agatha Christie damals als notwendiges Beiwerk einer Detektivgeschichte betrachtete, während sie ihn später als störende Ablenkung verwarf.

Wie intensiv sich Agatha Christie mit ihrer gescheiterten Ehe auseinandersetzte, zeigt sich am deutlichsten in den Mary Westmacott-Romanen, die sie etwa zur gleichen Zeit wie die Miss Marple-Bücher zu schreiben begann. In Bibliotheken sind die Mary Westmacott-Romane, von denen zwischen 1930 und 1956 sechs veröffentlicht wurden, meist unter der Kategorie »Liebesromane« zu finden. Doch es handelt sich dabei nicht um Geschichten von Liebe-

und-Heirat à la Barbara Cartland, sondern vielmehr um eine literarische Verarbeitung von Erfahrungen und Ängsten aus Agatha Christies eigener Vergangenheit. Vor allem *Das unvollendete Porträt* (engl. 1934) ist ein außerordentlich autobiographischer Bericht über eine Frau, ihre glückliche Kindheit, die Ehe mit einem selbstsüchtigen, charmanten Mann und ihren Selbstmordversuch, als ihre geliebte Mutter stirbt und der Ehemann sie und ihre Tochter verläßt. In ihrer Autobiographie *Meine gute alte Zeit* schreibt Agatha Christie, sie rufe sich den Zeitraum, in dem sie selbst solche Erfahrungen machte (1926-27), »nur sehr ungern ins Gedächtnis zurück« (S.348). Doch in diesem Roman, der acht Jahre später unter einem Pseudonym veröffentlicht wurde, dachte sie durchaus, und zwar in allen Einzelheiten, daran zurück. Am Ende des Romans steht die Heldin von *Das unvollendete Porträt* vor einer ungewissen Zukunft. Die Selbstmordgefahr ist gebannt, ihre Tochter hat geheiratet, und es gibt für sie keine einfache Lösung durch eine Liebesheirat, sondern nur die Vermutung, daß sie »in die Welt zurückkehren wird, um ein neues Leben zu beginnen«. Mittlerweile hatte Agatha Christie selbst wieder geheiratet, aber die Ängste einer Frau, die allein, ohne die Liebe und den Schutz eines Mannes dasteht, verließen sie lange Zeit nicht und waren der fruchtbare Boden, aus dem die Figur der Miss Marple erwuchs; diese wird zeigen, daß auch eine Existenz ohne Mann durchaus aufregend und nützlich sein und sogar ein eigenes Potential an Macht beinhalten kann.

Durch ihre Scheidung zählte Agatha Christie plötzlich zu den »überschüssigen Frauen«, deren Existenz seit Mitte des 19. Jahrhunderts zu einem Thema geworden war. 1911 gab es in England und Wales 1,3 Millionen mehr Frauen als Männer. Diese Zahl stieg bis zur Volkszählung 1921 auf 1,7 Millionen an und blieb bis weit in die dreißiger Jahre konstant; erst dann begann sich durch die Auswanderungswelle das Verhältnis zwischen Männern und Frauen wieder auszugleichen. Doch als Agatha Christie Ende der zwanziger Jahre über Miss Marple zu schreiben begann, waren von tausend Menschen 43 Junggesellinnen oder Witwen (Ruth Adam: *A Woman's Place*, 1975, S.85), die nicht damit rechnen konnten, daß sich ihr Familienstand ändern würde, denn es gab einfach nicht genügend Männer. Im 19. Jahrhundert waren »überflüssige Frauen« im allgemeinen Gegenstand des Mitleids und der Verlegenheit, während ihre Situation in den zwanziger Jahren des 20. Jahrhunderts zwar noch zum Gespött Anlaß gab, aber doch auch interessant und sogar etwas unheimlich schien. »Es gibt einfach zu viele Frauen in diesem Teil der Welt«, sagt Colonel Melchett *(Mord im Pfarrhaus*, Kap. 7), und für ihn bedeutet dieser Überschuß eine Störung des geordneten Dorflebens. Die Angst vor der unverheirateten Frau und der damit einhergehende Frauenhaß waren teilweise ein Vermächtnis des Ersten Weltkriegs, in dem Frauen dazu ermutigt worden waren, ökonomisch unabhängig zu werden und Arbeiten zu verrichten, die bislang als Männerdomäne gegolten hatten. Der Krieg hatte auch eine Mischung von Schuldgefühlen und Ressentiments gegenüber Frauen, insbesondere alten Jungfern, hinterlassen: So viele Männer waren tot, und so viele Frauen führten ein scheinbar nutzloses oder zumindest unfruchtbares und damit ungerechtfertigtes Leben. Zudem waren in dem Jahrzehnt nach Kriegsende Gesetze erlassen worden, die Frauen bislang ungekannte politische Rechte und Arbeitsmöglichkeiten einzuräumen schienen. Zwar zeitigten wenige dieser Gesetze praktische Folgen, doch bereits ihr Tenor – etwa das Parlamentsgesetz (Qualification of Women [Qualifikation von Frauen]) von 1918 und das Gesetz zur Aufhebung der geschlechtlichen Benachteiligung [Sex Disqualification (Removal) Act] von 1919 – rief bei zahlreichen Institutionen und Individuen, vom Beamtenapparat bis zur Gewerkschaft, von D.H. Lawrence bis zu Lloyd George, Ängste und Rückschrittsbestrebungen hervor. Doch trotz des Widerstands und der fortdauernden Diskriminierung war diese Zeit, wie Ruth Adam sagt, »die Ära der alten Jungfer. Nachdem ihr so viele Jahre lang die Daseinsberechtigung abgesprochen worden war, wurde sie endlich anerkannt« (Ruth Adam: *A Woman's Place*, 1975, S.100).

Das Los der alleinstehenden Frau war ein wesentliches Motiv in vielen viktorianischen Romanen gewesen, von Elizabeth Sewells *The Experience of Life* (1853) bis zu George Gissings *The Odd Woman* (1893). In der Nachkriegszeit trat es in der Literatur noch stärker in den Vordergrund und wurde auch unterschiedlicher behandelt. Wie groß die Bandbreite der damaligen Ansichten zu diesem Thema war, läßt sich aus vier Romanen der zwanziger Jahre ablesen: *Life and Death of Harriett Frean* (1922) von May Sinclair, *The Unlit Lamp* (1924) von Radclyffe Hall, *The Crowded Street* (1924) von Winifred Holtby und *Lolly Willowes* (1926) von Sylvia Townsend Warner.

May Sinclair, beeinflußt von der Psychologie Freuds, zeichnet in *Life and Death of Harriett Frean* das Leben als alte Jungfer als unvermeidliche Folge der unterdrückten Sexualität eines »braven« Mädchens aus der Mittelschicht, das nur aufgrund von sexueller

Unwissenheit und Heuchelei anständig sein kann. Harriett hat die Möglichkeit, eine Ehe einzugehen, aber das aufopferungsvolle Leben einer pflichtbewußten Tochter, die zu Hause bleibt, entspricht ihrer repressiven Konditionierung mehr als die Ehe. In May Sinclairs umwerfend zielstrebiger und schematischer Darstellung dieser Art von altjüngferlichem Leben stirbt Harriet an einem Krebs, den sie für ein Baby hält, wobei sie auch sich selbst als Baby vorstellt und dadurch buchstäblich zu dem Infantilismus zurückkehrt, der ihr ganzes Leben bestimmte.

May Sinclairs zweiter Roman über eine pflichtbewußte Tochter, *Mary Olivier* (1919), erinnert in gewisser Hinsicht an Radclyffe Halls *The Unlit Lamp*, denn in beiden Büchern sind die Heldinnen Opfer von gebrechlichen, tyrannischen, verwitweten Müttern. Doch Mary Olivier verwandelt ihre Knechtschaft in einen Triumph der Selbsterziehung (sie ist das Gegenstück zu Harriett Frean), während Radclyffe Halls Heldin Joan Ogden, »mit schweren Knochen ... schlaksig wie ein Junge«, sich dem öden Alltagstrott der Fürsorge für ihre egoistische Mutter unterwirft und dafür nicht nur ihrer Karriere, sondern auch der leidenschaftlichen Zuneigung zu einer anderen Frau entsagt. In dem Roman wird klar, daß daran nicht nur die Macht der Mutter schuld ist, sondern auch der mangelnde Mut der Tochter, die sich zwar widerstrebend, aber auch erleichtert an die Ideale aufopfernder Weiblichkeit klammert.

Winifred Holtbys *The Crowded Street* vermittelt ein positiveres Bild von der gesellschaftlichen Rolle der alleinstehenden Frau. Die Heldin Muriel verschwendet ihre Jugend mit dem Warten auf eine Ehe, doch als sich schließlich die Chance zu heiraten bietet, lehnt sie ab. Der Roman Winifred Holtbys verwandelt die Einsamkeit und Entwürdigung von Muriels Leben sozusagen in eine feministische Aussage über Unabhängigkeit, Persönlichkeit und die Hingabe an ein Ideal, das mehr als nur das Häusliche umfaßt. Das ist ein kühnes und fortschrittliches Junggesellinnendasein:

> »Ich habe eine Vorstellung ... eine Vorstellung vom Dienen – und sie ist nicht nur vage und sentimental, sondern setzt sich auch in ganz praktische Dinge um. Vielleicht mache ich nichts damit, aber eins weiß ich genau: Wenn ich dich heiraten würde, müßte ich all das Neue aufgeben, das mich zu einer Person hat werden lassen ... Ich kann erst dann eine gute Ehefrau sein, wenn ich gelernt habe, eine Person zu sein ... und vielleicht werde ich am Ende überhaupt nie Ehefrau werden.« (*The Crowded Street*, Kap. 39)

Lolly Willowes ist einfallsreicher als diese drei Romane und von einer bitteren Fröhlichkeit und Schrulligkeit geprägt. Der heidnische

Glaube löst die Probleme der Heldin, die aus der behüteten Abhängigkeit von ihrem Bruder und seiner Familie ausbricht, um auf dem Land zu leben, eine gute Hexe zu werden und sich sexuell mit dem Teufel zu vereinigen. Wie Lolly sagt, werden Frauen wie sie zu solchen Extremen gezwungen, »um ein eigenes Leben führen zu können und nicht eine Existenz, die einem von anderen als Almosen gegeben wird, als mildtätige Brosamen ihrer Gedanken, ein paar Gramm abgestandenes Leben pro Tag.«

Die Tatsache, daß Agatha Christie Miss Marple schuf, muß vor diesem Hintergrund des gesellschaftlichen und literarischen Interesses an alleinstehenden Frauen gesehen werden. Und nicht nur das – ihre gesamten Detektivgeschichten beweisen ein scharfsinniges Verständnis für die vielfältigen Arten des Junggesellinnendaseins, denn es gibt neben Miss Marple noch zahlreiche andere ledige Frauen in ihren Romanen. In *Ein Mord wird angekündigt* (engl. 1950) etwa kommen besonders viele ledige Frauen vor, und das Rückgrat der Handlung und die Ursache des Verbrechens beruhen auf deren Zusammenwirken. Anfangs gibt es zwei Paare von alten Jungfern: Miss Blacklock und Miss Bunner, die zusammen in Little Paddocks wohnen, und Miss Hinchliffe und Miss Murgatroyd, die in Boulders leben. Diese Frauen sind ungefähr sechzig Jahre alt, und da der Roman Ende der vierziger Jahre spielt, gehörten sie wohl zu jener Generation von jungen Frauen, deren potentielle Ehemänner im Ersten Weltkrieg ums Leben kamen. In der Tat hält Miss Blacklock Miss Bunner für eine der vom Leben Benachteiligten, weil sie nicht heiraten konnte: »Sie hätte, so dachte ihre Freundin, einen netten Offizier oder einen Provinzanwalt heiraten sollen ... Sie hatte sich selbst ihren Lebensunterhalt verdienen müssen. Sie war gewissenhaft, aber nicht tüchtig gewesen.« Auch Miss Blacklocks eigene Jugend war unglücklich gewesen, weil ihr starrköpfiger, engstirniger Vater sich geweigert hatte, ihren entstellenden Kropf behandeln zu lassen. Aber Miss Blacklock ist natürlich nicht die Miss (Letitia) Blacklock, die sie zu sein vorgibt, sondern deren Schwester Charlotte. Genau daran, daß eine Schwester durch die andere ersetzt wird, macht sich die Mordhandlung fest, und zu dieser Vertauschung der Personen kommt es, weil Charlotte Blacklock sich durch das Geld, das ihre Schwester erben soll, für die Jahre, die sie als ärmliche, invalide Junggesellin verbrachte, schadlos halten will. Doch ihre Schwester Letitia (Letty) stirbt vorzeitig, und deswegen beginnt Charlotte (Lotty) ihr Leben der Täuschung, indem sie vorgibt, eine andere zu sein. Die einzige Gefahr stellt dabei die langweilige, bedürftige, warmherzige Dora Bunner dar, die als Kind beide Schwestern kannte und aus diesem Grund in das Geheimnis und dessen finanziellen Segen miteinbezogen werden muß. Schließlich wird sie gerade wegen ihres Wissens ermordet. Das Band zwischen Miss Blacklock und Dora Bunner beruht auf ihrem gemeinsamen Wunsch, der Armut und den Beschränkungen des Altjungfernlebens zu entrinnen. Es ist ein Band der Schuld und letztlich zerstörerisch, doch Agatha Christie wirbt um Verständnis, als sie Miss Blacklock um die Ermordete trauern läßt: »Es ist Dora, die mir fehlt – nach dem Tod Doras war ich ganz allein – seit ihrem Tod – bin ich allein.«

Die beiden Miss Blacklocks, Letitia und Charlotte, verkörpern zwei gegensätzliche Klischees der unverheirateten Frau, die in der Zeit zwischen den Kriegen gang und gäbe waren: die geschlechtslose Karrierefrau und die frustrierte Ehefrau und Mutter. Letitia wurde zur Steuerberaterin ausgebildet und »dachte eigentlich wie ein Mann. ... Ich glaube nicht, daß sie jemals in einen Mann verliebt war. ... Das Vergnügen, eine Frau zu sein, war ihr fremd«, sagt die sehr feminine Mrs. Goedler. Charlotte hingegen kannte das Vergnügen, eine Frau zu sein – »ein hübsches, leichtfertiges, liebeswertes Mädchen« –, und eben diese verhinderte Weiblichkeit und der Widerwille gegen das Junggesellinnendasein führen zur Katastrophe.

Miss Hinchliffe und Miss Murgatroyd leben offenbar aus gegenseitiger Zuneigung zusammen. Sie werden als ein etwas theatralisches lesbisches Paar dargestellt, das sich gegenseitig mit Hinch und Murgatroyd anspricht, wobei Hinch, die »einen kurzen, männlichen« Haarschnitt hat und Kordhosen und eine Uniformjacke trägt, die törichte, liebenswerte Murgatroyd wie ein Mann unter Kontrolle hält. Das Paar könnte aus Radclyffe Halls *Quell der Einsamkeit* (engl. 1928) stammen, aber bei Agatha Christie sind die beiden Frauen mit ihrer Beziehung zufrieden und werden vom Dorf akzeptiert. Im Gegensatz zu Stephen im Roman von Radclyffe Hall werden sie nicht von Schuldgefühlen heimgesucht und von der Gesellschaft ausgestoßen, und ihre Tragödie liegt allein darin, daß sie den Tod finden, weil sie zu viel wissen und als Detektivinnen zu unvorsichtig vorgehen.

Inmitten dieser und anderer lediger Frauen, denen weniger Bedeutung im Roman zukommt, ist Miss Marple die Königin der alten Jungfern. Wenn die anderen alten Damen Spielarten dieser Idee darstellen, ist sie die Idee selbst. Ihrer Erscheinung, ihrem Alter, ihrem Benehmen und ihrer sozialen Herkunft nach verkörpert sie den

Inbegriff der englischen alten Jungfer, zumindest die alte Jungfer in der englischen Literatur, die ihren Stammbaum bis zu Miss Bates in Jane Austens *Emma*, Betsy Trotwood in Dickens' *David Copperfield* und den Amazonen in Elizabeth Gaskells *Cranford* zurückverfolgen kann und vielleicht auch Oscar Wildes Miss Prism in *Die Kunst, ernst zu sein (The Importance of Being Earnest)* oder Charlotte Bartlett in E.M. Forsters *Zimmer mit Ausblick* einen schwesterlichen Blick zuwirft. Bei ihnen allen handelt es sich um komische und freundliche Charaktere, doch es ist nicht schwer, eine Verbindung zwischen ihnen und den grotesken und bedrohlichen Bildern der unverheirateten Frau herzustellen, die in der Populärunterhaltung so beliebt sind: die häßlichen Schwestern, die von einem Mann gespielte Dame in englischen Märchenaufführungen, die Hexe im Lebkuchenhaus. Sheila Jeffreys stellt die These auf, daß die Vorurteile gegen ledige Frauen, die in der Gesellschaft stets bestanden haben, in den ersten Jahren dieses Jahrhunderts und in der Nachkriegszeit besonders bösartig wurden. Sheila Jeffreys zitiert aus der Zeitschrift *Freewoman*, die Junggesellinnen aufs Korn nahm und ihren Angriff in der ersten Ausgabe mit einem Artikel begann, der »Die alte Jungfer« hieß und »Von einer solchen« geschrieben war:

> Ich schreibe über die Hohepriesterin der Gesellschaft. Nicht über die Mutter von Söhnen, sondern über ihre unfruchtbare Schwester, den verdorrten Baum, das säuerliche Werkzeug, unter dessen bleichem Schatten wir erschauern und erblassen. Ich schreibe über die alte Jungfer. Wegen ihrer Macht und ihres Einflusses. Sie, unauffällig, bescheiden, leisetreterisch, still, verschämt, blutleer und rückgratlos, verdünnt zu Geist, dringt in die geheimen Nischen des Verstandes ein, sitzt an den geheimen Quellen des Handelns und formt und bildet unsere verweichlichte Gesellschaft. Sie ist unsere gesellschaftliche Rachegöttin. (*Freewoman*, November 1911, zit. in Sheila Jeffreys: *The Spinster and Her Enemies*, 1985, S.95)

Obwohl Agatha Christie Miss Marple vorwiegend als komischen und alltäglichen Charakter darstellt, beschwört sie doch viele der widersprüchlichen Gefühle herauf, die die Gestalt der alten Jungfer auslöst, und setzt sie auch gezielt ein: natürlich Herablassung und Verachtung, aber auch verschiedene Formen von Angst. Die alte Jungfer ist Schiedsrichterin in Fragen der Moral, ein Bollwerk gegen Laster und Unordnung und ein Bild der Unterdrückung. Außerdem entspricht sie nicht den üblichen Erwartungen an ein Frauenleben in der patriarchalen Gesellschaft, was sie einerseits herabsetzt, ihr aber auch die Macht des Anomalen über das Normale verleiht: die Macht, zu bedrohen, zu richten, zu untergraben und zu zerstören. Weil Agatha Christie beide Seiten – die alte Jungfer als furchteinflößende Außenseiterin und als moralische Kraft – in die Strukturen und Konventionen des Detektivromans einspannt, sind die Miss Marple-Krimis besonders überzeugende Beispiele des Genres. Wie wir im folgenden zeigen werden, klärt Miss Marple ein Verbrechen nicht nur auf eine für alte Jungfern typische Art auf, sie übt später auch eine fast übernatürliche Macht aus, die Lolly Willowes' Ketzerei völlig in den Schatten stellt. Sie wird, wie schon die Autorin des Artikels in *Freewoman* warnend vorhersagte, zur gesellschaftlichen Rachegöttin, zur *Nemesis*.

Wie jede volkstümliche Figur betritt Miss Marple die literarische Bühne als fertig entwickelte Gestalt und als beständiges Element der pastoralen Szenerie von St. Mary Mead, die, wenn auch nur kurzzeitig, durch einen Mord erschüttert wird. Bei ihrem ersten Auftritt in *Mord im Pfarrhaus* erfahren wir nur sehr wenig über sie. Weitere Romane folgen, Miss Marple erobert Agatha Christies Zuneigung (sie wird später sehr viel mehr geschätzt als Poirot), und erhält nach und nach mehr Tiefe. Damit wird es möglich, ihrer Vergangenheit nachzuspüren, denn Agatha Christie konnte der Versuchung nicht widerstehen, Andeutungen darüber fallenzulassen. Die verbleibenden Lücken lassen sich mit Methoden füllen, die Miss Marples Billigung gefunden hätten: Einzelheiten sammeln und Analogien bilden.

Das erste Mal hören wir von Miss Marple durch Griselda, der jungen Frau des Pfarrers in *Mord im Pfarrhaus*, die sie als »die schlimmste alte Katze im ganzen Dorf« beschreibt. Die Bezeichnung »(alte) Katze« taucht in den Romanen immer wieder auf, mal in freundlichem oder respektvollem Ton, mal verärgert oder geringschätzig, insbesondere von höherrangigen Polizeibeamten. Der Ausdruck verweist auf ein Interesse, sogar eine Besessenheit für Klatsch und für die kleinsten Einzelheiten des dörflichen Lebens. Aber er deutet auch Bösartigkeit an und vielleicht sogar Hexerei, ebenso wie die Verfasserin des Artikels in *Freewoman* das unheimliche, hexenhafte Verhalten alter Jungfern für »katzengleich« hält: »leisetreterisch, still«. Aber Miss Marple ist weder bösartig noch unheimlich und hat auch bislang noch nichts Ungewöhnliches an sich. Zwar meint Griselda, daß Miss Marple »immer genau weiß, was vor sich geht – und immer die schlimmsten Schlüsse daraus zieht«, doch ihre Allwissenheit beruht auf genauer Beobachtung, und es käme ihr nie in den Sinn, ihre Informationen einzusetzen, um Unschuldige zu belasten oder eine Person mutwillig zu kränken, im Gegensatz zu den anderen »Katzen« im Dorf, Mrs. Price Ridley, Miss Wetherby und Miss Hartnell. Im Grunde spricht Miss Marple sehr wenig über andere Menschen, hört aber genau zu, was die Leute sagen und was über sie gesagt wird. Wenn sie aus dem Gehörten nachteilige Schlußfolgerungen zieht, behält sie es für sich, bis die Gerechtigkeit verlangt, daß sie damit an die Öffentlichkeit tritt.

In *Mord im Pfarrhaus* wird Miss Marple uns auch als »eine weißhaarige Dame mit liebenswürdigem, ansprechendem Wesen« vorgestellt. Das heißt, wie Agatha Christie uns erzählt, daß sie »im Alter von fünfundsechzig oder siebzig geboren [wurde], was sich ... sehr ungünstig auswirkte, weil ich ihre Dienste noch viele Jahre in Anspruch nehmen mußte.« (*Meine gute alte Zeit*, S.440). Das heißt auch, daß sie ihre Kindheit in den sechziger Jahren des 19. Jahrhunderts und ihre Jungmädchenjahre in den siebziger Jahren erlebt hat und ihr Leben als erwachsene Frau während der letzten zwanzig Jahre des viktorianischen Zeitalters verbrachte. Somit wäre Jane Marple in *Ruhe unsanft* (engl. 1976), dem letzten Roman, in dem sie als Hauptfigur auftritt, weit über hundert Jahre alt. Zwar wird auch in der Welt der Marple-Romane darauf hingewiesen, daß nicht alles so bleibt, wie es ist, aber Miss Marple selbst verändert sich kaum. In *Das Schicksal in Person* erscheint sie in vertrauter Gestalt als eine penible, etwas rheumatische ältliche Dame, die fast ebenso gebrechlich ist wie vierzig Jahre zuvor in *Mord im Pfarrhaus*, und die nach wie vor in den uns vertrauten Begriffen von sich denkt: »'Eine alte Katze', sagte Miss Marple zu sich. 'Ja, ich kann mir gut vorstellen, daß ich als eine alte Katze gelte. Es gibt so viele alte Katzen, und alle sind sich so ähnlich.'« In den dazwischenliegenden Romanen gibt es einige Hinweise darauf, daß Miss Marple älter und welker wird, und es findet sich sogar die Andeutung, daß ein bestimmter Fall ihr letzter sein könnte. In *Ein Mord wird angekündigt* (engl. 1950) »wirkte sie ausgesprochen alt«, und in *16 Uhr 50 ab Paddington* (engl. 1957) wird sie als eine »gebrechliche alte Dame« beschrieben, die ihre frühere Krankenschwester Lucy Eyelesbarrow damit beauftragen muß, die detektivischen Ermittlungen für sie zu erledigen. In *Mord im Spiegel* (engl. 1962) ist Miss Marple zu schwach, um selbst noch gärtnern zu können, denn sie hatte eine schwere Bronchitis und mußte eine Zeitlang sogar von einer Pflegerin versorgt werden, wobei, wie meist in diesen Fällen, ihr Neffe Raymond West für die zusätzlichen Kosten aufkam. In *Mord im Spiegel* empfiehlt Dr. Haydock – der gleiche Dr. Haydock, der zweiunddreißig Jahre zuvor als Mann mittleren Alters in *Mord im Pfarrhaus* aufgetreten war –, Miss Marple »einen netten Mord« als Stärkungsmittel, und zur gleichen Arznei rät er auch gegen die Folgen einer Grippe in der

Kurzgeschichte »Die Hausmeisterin« (aus dem Band *Die Uhr war Zeuge*). Aber in den letzten zwei Romanen, *Bertrams Hotel* und *Das Schicksal in Person*, ist Miss Marple wieder bei guter Gesundheit. Allerdings kann Agatha Christie es nicht lassen, auf Kosten Miss Marples und der LeserInnen einen Witz zu machen und Lady Selena Hazy sagen zu lassen: »Es ist doch kaum zu glauben, daß das wirklich die alte Jane Marple ist. Ich hätte gedacht, sie wäre schon seit Jahren tot. Sie sieht aus wie hundert.« Doch wie alt sie auch aussehen mag, in diesen letzten Romanen ist Miss Marple so jugendlich-ältlich wie eh und je. In *Das Schicksal in Person* ist sie sogar besonders lebhaft und tatkräftig, und dies ist auch einer der wenigen Romane, in dem sie sich selbst in körperliche Gefahr begibt. Wenn sie in dieser Geschichte Müdigkeit und Schwäche eingesteht und sich vergeßlich stellt, dann nur, um Informationen zu bekommen.

Im ersten ihrer Romane erfahren wir über Miss Marples Äußeres nichts weiter, als daß sie weißhaarig ist, ein penibles, aber ansprechendes und sanftmütiges Wesen hat und bei Aufregung oder Verlegenheit leicht errötet. Erst in der Kurzgeschichtensammlung *Der Dienstagabend-Club* (engl. 1932; allerdings entstand das Buch vor *Mord im Pfarrhaus*) nimmt sie deutlichere Konturen an. Sie sieht wie eine Dame der viktorianischen Zeit aus, oder vielmehr wie die verwitwete Königin Victoria, wie wir sie von Holzschnitten aus dem letzten Jahrzehnt des 19. Jahrhunderts kennen (A. Bott und I. Clephane: *Our Mothers*, 1932, S.43):

> Miss Marple trug ein in der Taille eng zusammengerafftes Kleid aus schwarzem Brokat, und Brabanter Spitzen fielen in Kaskaden über ihren Busen. Sie hatte schwarze Spitzenhandschuhe ohne Finger an, und ein schwarzes Spitzenhäubchen thronte auf dem kunstvoll aufgetürmten schneeweißen Haar. ... Ihre blauen Augen, die so gütig und freundlich dreinschauten, glitten mit sanftem Wohlgefallen über ihren Neffen und seine Gäste. *(Der Dienstagabend-Club*, »Der Dienstagabend-Club«)

Bei Mrs. Bantrys Dinnerparty in der gleichen Kurzgeschichtensammlung trägt Miss Marple wiederum schwarze Spitzenhandschuhe und ein Spitzenfichu über Haar und Schultern. Doch in *Das Geheimnis der Amseln* (engl. 1953) hat sie ihre viktorianischen Gewänder gegen Kleider eingetauscht, die von ungefähr an die Zeit König Edwards erinnern: »... einen altmodischen Tweedmantel und -rock, zwei oder drei Schals und einen kleinen Filzhut mit einem Vogelflügel.« In *Das Schicksal in Person* (engl. 1971) ist ihre Aufmachung wieder etwas moderner geworden und stammt jetzt etwa aus der Zeit zwischen den Kriegen: »... ein leichtes Tweedkostüm, eine Perlenkette und einen kleinen Kapotthut aus Samt.« Zwar verändert sich Miss Marples Kleidung, doch ist sie immer altmodisch, wie wir es von einer alten Jungfer erwarten, die über wenig Geld verfügt aber, wie vielfach betont wird, sehr wohl eine Dame ist und sich deshalb kaum billig oder auffallend kleidet: »... ein alter, aber guter Koffer lag vor ihr auf dem Boden. [Inspektor] Crump wußte, wann er eine Dame vor sich hatte.« Dieses Bild einer alten Dame in den dreißiger Jahren, die ordentlich ist, Tweed trägt und einfache Vornehmheit ausstrahlt, vermittelte auch Joan Hickson mit so großem Erfolg in den Fernsehfassungen der Romane in der BBC.

Das altjüngferliche Image Miss Marples wird noch hervorgehoben durch ihr Strickzeug, mit dem sie ständig beschäftigt ist. Offensichtlich strickt sie Sachen für Babys, und wir fragen uns, wessen Babys das wohl sein mögen. In *Mord im Spiegel* wird erklärt, daß die »vielen kleinen Wolljäckchen« für den Nachwuchs der »netten Mädchen« sind, die Miss Marple früher beschäftigte, und in *Das Schicksal in Person* wird angedeutet, daß sie Pakete mit Stricksachen an Wohlfahrtsorganisationen schickt. Doch die Frage, für wen Miss Marple strickt, ist im Grunde irrelevant, denn das Stricken dient eigentlich nur als Zeichen für ihre Altjüngferlichkeit und als Metapher für ihren kriminalistischen Spürsinn. Doch die Möglichkeiten, die in diesem Motiv stecken, erkannte Agatha Christie erst nach und nach. Im ersten Roman, *Mord im Pfarrhaus*, strickt Miss Marple noch nicht, doch im »Dienstagabend-Club« (1932) treffen wir sie zu Hause an, wie sie »etwas Weißes, Weiches und Flauschiges« strickt. In *Die Tote in der Bibliothek* verschwindet das Stricken wieder, taucht aber in einem Roman des gleichen Jahres, *Die Schattenhand*, wieder auf, ebenso wie in *Ein Mord wird angekündigt*, wo sie beschrieben wird als »verstrickt in flauschige Wolle ... die sie zu etwas verarbeitete, was sich als Babyschal herausstellte«. Dies Bild – Miss Marple inmitten von weicher Wolle – spiegelt natürlich ihr zartes Äußeres und ihr vorsichtiges Auftreten wider, deutet aber auch an, daß sie wie eine Gottheit von einer Wolke umhüllt ist. Dieses Bild wird in *Das Schicksal in Person* noch weiterentwickelt, wenn Mr. Rafiel von jenseits des Grabes schreibt: »... ich sehe Sie ... in einer Wolke rosafarbener Wolle vor mir.« Die Tatsache, daß sie für Babys strickt, zeigt sie als Beschützerin der Unschuldigen, aber auch als diejenige, die die Fäden des Verbrechens zusammenknüpft. Und in ihrem letzten, treffenderweise *Das Schicksal in Person (Nemesis)* genannten Roman tritt die volle Bedeutung des Strickens als Insignie ihrer Person zutage: Miss Marple übernimmt die Rolle der vergeltenden Göttin und strickt an den Schicksalen von Männern und Frauen.

Miss Marples zweite praktische Beschäftigung ist das Gärtnern. Wie das Stricken scheint es eine passende Betätigung für eine alte Jungfer zu sein, die in einem Dorf lebt, ist aber darüber hinaus ebenfalls ein Hilfsmittel bei den detektivischen Ermittlungen. Stricken entwaffnet und beschwichtigt die Menschen und läßt sie vertrauensseliger werden, und Gartenarbeit stellt eine ausgezeichnete Gelegenheit zum Spionieren dar. In *Mord im Pfarrhaus* liegt Miss Marples Garten strategisch äußerst günstig (die meisten Ausgaben des Romans enthalten einen Plan des Dorfs, aus dem ersichtlich ist, wie vorteilhaft er gelegen ist), so daß sie sehr gut beobachten kann, was in St. Mary Mead passiert, insbesondere, wer zum Pfarrhaus geht und es verläßt. Außerdem liefert ihre Gartenarbeit in dieser Geschichte den wesentlichen Hinweis auf die Identität des Mörders, denn beim Versuch, belastendes Beweismaterial loszuwerden, gibt er ihr »den falschen Stein für meinen Steingarten! Das hat mich auf die richtige Spur gebracht!« Und wie das Stricken wird auch das Gärtnern zur Metapher für Miss Marples Rolle als Detektivin; hübsche und nützliche Pflanzen werden zum Gedeihen ermuntert, während das Unkraut unter Kontrolle gehalten wird. Dies gilt auch für Menschen.

Wie viele Heldinnen vor ihr hat Miss Marple keine Familie, ausgenommen ihren Neffen Raymond West und – nach *Der Dienstagabend-Club* (in dem er sich verlobt und seine Freundin Joyce genannt wird) – dessen Frau Joan. In *16 Uhr 50 ab Paddington* (engl. 1957, das heißt, siebenundzwanzig Jahre, nachdem Raymond West erstmals erwähnt wird), gibt es den Großneffen David West, Raymonds zweiten Sohn, der für die englische Eisenbahngesellschaft arbeitet, doch wird er hier nur eingeführt, um Miss Marple beim Aufklären eines Eisenbahnmordes zu helfen. Raymond West, der düstere, modernistische und sehr erfolgreiche Romane schreibt, und seine Frau, eine Malerin, die ihre Bilder für avantgardistisch hält – »vorwiegend Krüge mit welkenden Blumen und zerbrochene Kämme auf Fenstersimsen«, lautet Miss Marples Beschreibung –, dienen als intellektuelle, großstädtische Folie für Miss Marples scheinbare Naivität, »eingebettet in diesem idyllischen Landleben.« Außerdem ermöglichen es ihr die beiden, ihrer Betätigung auch außerhalb von St. Mary Mead nachzugehen, da sie viel Geld verdienen und bereit sind, ihrer Tante den einen oder anderen Urlaub zu bezahlen. In *Ein Mord wird angekündigt* hat Raymond Miss Marple einen Aufenthalt im Royal Spa Hotel in Medenham Wells finanziert, so daß sie praktischerweise bei den im Dorf Little Cleghorn stattfindenden Morden zur Stelle sein kann, und in *Bertrams Hotel* zahlen Raymond und Joan für Miss Marples Unterbringung in diesem teuren Etablissement. Und natürlich wird Miss Marples Reise nach Westindien in *Karibische Affaire* von Raymond finanziert – »Warum kümmert er sich wohl so sehr um seine alte Tante?« fragt sich Miss Marple. »Vielleicht hat er sie wirklich ins Herz geschlossen ... auf eine etwas enervierte und herablassende Art« –, damit sie sich von den Folgen einer Lungenentzündung erholen kann.

Raymonds Großzügigkeit läßt natürlich die Frage nach Miss Marples finanzieller Lage aufkommen. Vermutlich erhält sie jährlich eine feste Summe, die ihr von ihren seit vielen Jahren verstorbenen Eltern vermacht wurde. Sie gehört zu der Gruppe von Damen in St. Mary Mead, die »in finanziell beschränkten Verhältnissen in ordentlichen Häuschen rund um die Kirche lebten und über alle Verstrickungen in den besseren Familien im Dorf bestens Bescheid wußten, auch wenn sie streng genommen selbst nicht unbedingt zu den besseren Kreisen gehörten« *(Das Geheimnis der Amseln*, Kap. 21). Für ihren Status als Dame ist es wesentlich, daß sie ihren Lebensunterhalt nicht selbst verdient und daß jede Arbeit, die sie übernimmt – einschließlich der Aufklärung von Morden –, weder bezahlt noch offiziell anerkannt wird. So schreibt sich der unsympathische Inspektor Slack in *Mord im Pfarrhaus* ganz allein das Verdienst dafür zu, daß die Verbrecher vor den Richter gebracht werden: »Miss Marples Anteil an der ganzen Sache wurde natürlich mit keinem Wort erwähnt. Aber dann wäre sie auch beim bloßen Gedanken daran schon entsetzt gewesen.«

In vieler Hinsicht könnte Miss Marples Erziehung der der Schwestern Madden in George Gissings *The Odd Women* ganz ähnlich gewesen sein. Auch sie waren in den siebziger Jahren des 19. Jahrhunderts junge Mädchen, und ihr Vater, ein Arzt, teilte voll und ganz Ruskins Lehre, daß Frauen innerhalb des Hauses eine eigene Sphäre brauchen, »die bis zum Letzten gegen kleinliche Sorgen verteidigt werden muß ... ob jung oder alt, Frauen sollten niemals an Geld denken müssen.« Die Madden-Schwestern hatten den für ihre Erziehung schicklichen Unterricht erhalten, und im Haus herrschte eine geistige Atmosphäre:

> Aber Dr. Madden kam es nie in den Sinn, daß es für seine Töchter von Vorteil sein könnte, für berufliche Zwecke zu lernen. In düsteren Stunden fürchtete er natürlich die Gefahren des Lebens und beschloß, einige praktische Vorkehrungen für seine

Familie zu treffen, aber er hatte es immer wieder verschoben ... Doch der Gedanke, daß seine Töchter für Geld arbeiten müßten, rief eine solche Abscheu in ihm hervor, daß er ihn nie ernstlich ins Auge fassen konnte. (*The Odd Women*, Kap. 1)

Miss Marples Vater muß bessere Vorsorge für seine Tochter getroffen haben als Dr. Madden für seine armen Mädchen, deren Überlebenskampf das pathetische Motiv des Romans von George Gissing bildet. Zwar kann auch Miss Marple das Geld nicht mit vollen Händen ausgeben; anders aber als bei den Madden-Schwestern treibt ihre vornehm-kärgliche Lebensweise sie weder in eine unschickliche Ehe noch in die Arme der Kirche oder zum Alkoholismus, sondern dient dazu, ihre Beobachtungsgabe für menschliches Verhalten zu schärfen und ihr bewußt zu machen, welchen finanziellen Nöten und Verlockungen manche Menschen ausgesetzt sind. In *Ein Mord wird angekündigt* bemerkt sie, daß ein von ihr ausgestellter Scheck gefälscht wurde, wodurch sie auf die Gaunereien des Mordopfers aufmerksam wird, aber auch erkennt, daß dieses Verhalten nicht einem Mörder entspricht, wie alle anderen glauben:

Eine geschäftige, jung verheiratete Frau oder ein verliebtes Mädchen – die schreiben alle möglichen Schecks über alle möglichen Summen aus und wissen oft nicht mehr, wann sie wofür wieviel bezahlt haben. Aber eine alte Frau, die mit jedem Penny rechnen muß und die vor allem ganz bestimmte feste Gewohnheiten hat – die ist genau das falsche Opfer. Siebzehn Pfund! Über eine solche Summe würde ich *nie* einen Scheck ausschreiben. Zwanzig Pfund, eine runde Summe, für monatliche Löhne oder sonstige fixe Ausgaben. Und für meine persönlichen Dinge hebe ich immer sieben Pfund ab – früher waren es fünf, aber es ist alles so teuer geworden ... Im Grunde genommen war er doch ein harmloser junger Mann, er hat ab und zu kleine Betrügereien gemacht ... [aber] das sieht ihm doch gar nicht ähnlich ... das ist doch unmöglich! (*Ein Mord wird angekündigt*, Kap. 8)

Im gleichen Roman kann Miss Marple Mitgefühl empfinden für Dora Bunner und ihr jahrelanges Leben in »Ärmlichkeit. Sich die Kleider flicken und hoffen zu müssen, daß niemand es bemerkt. ... Und die *Miete* – immer die *Miete* –, die bezahlt werden muß, weil man sonst auf der Straße sitzt.« Zwar ist Miss Marple keineswegs so arm, wie Dora Bunner es war, doch kennt sie das entbehrungsreiche Leben alter Jungfern zur Genüge und weiß deshalb, wie dankbar Dora einer Person sein mußte, die ihr ein angenehmes Leben ermöglichte, selbst wenn sie dafür über einen Betrug hinwegzusehen hatte.

Obwohl Miss Marple in vornehmer Altersarmut lebt, hat sie ein Hausmädchen. Anhand der Marple-Romane ist es möglich, die Lebensbedingungen weiblicher Dienstboten von den zwanziger bis zu den siebziger Jahren unseres Jahrhunderts zu verfolgen und durch Agathas Christies skizzenhafte Beschreibungen hindurch eine Art sozialer Revolution zu erkennen. *Mord im Pfarrhaus* erschien 1930, als es 1,3 Millionen vorwiegend weibliche Hausangestellte gab (Carol Dyhouse: *Feminism and the Family in England*, 1989, S.109), und in diesem Roman ist Miss Marples Mädchen die gesichtslos bleibende Emily, der nicht zuzutrauen ist, daß sie die Betten richtig lüftet, bevor Raymond West zu Besuch kommt. Vielleicht war Emily eines der »netten Mädchen«, an die Miss Marple sich in *Mord im Spiegel* erinnert: Amy, Clara, Alice und andere, die aus dem Waisenhaus St. Faith stammten und von Miss Marple ausgebildet wurden, bevor sie anderswo in Dienst gingen:

Manche von ihnen waren ziemlich einfältig gewesen, und Amy sogar eindeutig schwachsinnig. Sie hatten mit den anderen Dienstmädchen im Dorf geredet und geklatscht und waren mit dem Gehilfen des Fischhändlers ausgegangen, oder mit dem Hilfsgärtner von Old Hall oder einem der zahlreichen Assistenten von Mr. Barnes, dem Lebensmittelhändler. *(Mord im Spiegel*, Kap. 1)

Es ist eines dieser jungen, in der Ausbildung befindlichen Mädchen aus dem Waisenhaus St. Faith, Gladys Martin, das in *Das Geheimnis der Amseln* ermordet wird.

»Als Gladys zu mir kam, war sie siebzehn, und ich brachte ihr bei, wie man bei Tisch bedient, das Silber poliert und solche Dinge. Natürlich ist sie nicht lange geblieben. Das tut keine. Sobald sie ein bißchen Erfahrung gesammelt hatte, hat sie eine Stelle in einem Café angenommen. Das tun die Mädchen praktisch immer. Sie meinen, sie wären dann freier und hätten ein lustigeres Leben.« *(Das Geheimnis der Amseln*, Kap. 13)

Doch zumindest konnte sich Gladys, als dieser Roman 1953 geschrieben wurde, ihre Stellung aussuchen, im Gegensatz zu »meiner treuen Florence«, an die Miss Marple in *16 Uhr 50 ab Paddington* zurückdenkt und deren einzige Alternative zum Los einer Hausangestellten anscheinend darin bestand, ihre alten Eltern bis zu deren Tod zu pflegen. Mittlerweile (1957) nimmt Florence in Brockhampton zahlende Gäste auf, und das liegt dem Ort des Verbrechens nahe genug, damit Miss Marple bei ihr wohnen und die Nachforschungen überwachen kann, die Lucy Eyelesbarrow anstellt.

Der wirkliche Wandel in der Lage von Hausangestellten zeigt sich in *Mord im Spiegel* (1962). In diesem Roman wird Miss Marple von Cherry versorgt, die aus einer Sozialsiedlung namens Development stammt und zum »Heer der jungen Ehefrauen [gehört], die im Supermarkt einkaufen gehen und Kinderwagen durch die stillen Straßen von St. Mary Mead schieben.« Cherry übernimmt Arbeiten im Haushalt, um Ratenzahlungen für Anschaffungen zu finanzieren; sie ist fröhlich und intelligent, und auch wenn ihre Abwaschkünste zu wünschen übriglassen, hat Miss Marple sie ins Herz geschlossen. Sogar im letzten Marple-Roman, der geschrieben wurde, *Das Schicksal in Person*, arbeitet Cherry noch bei ihr. »Es ist seltsam, daß es heute die gebildeten Mädchen sind, die Arbeit in Haushalten annehmen«, denkt Miss Marple: »Studentinnen aus dem Ausland, Au-pair-Mädchen, Studentinnen in den Semesterferien, junge Ehefrauen wie Cherry Baker.«

In *Das Geheimnis der Amseln* wird deutlich, daß Miss Marple irgend etwas mit der Leitung des Waisenhauses St. Faith zu tun hatte; dabei handelt es sich offensichtlich um ein kirchliches Waisenheim, das sich um Kinder kümmert, deren Eltern gestorben sind oder die ausgesetzt wurden. Noch einige Jahre nach dem Zweiten Weltkrieg gab es relativ viele solcher Institutionen, und sie waren stolz darauf, den jungen Leuten ehrbare und einfache Arbeitsplätze zu vermitteln – die Mädchen wurden Krankenschwestern oder Hausangestellte, die Jungen Handwerker oder Armeeangehörige. Miss Marples Einstellung gegenüber dem Waisenhaus ist von wohlwollender Herablassung geprägt: »Wir tun unser Bestes für die Mädchen dort, versuchen, ihnen eine gute Ausbildung zu geben und derlei.« Hausangestellte, insbesondere Dienstmädchen, werden in Agatha Christies Romanen häufig von oben herab behandelt: »Weibliche Hausangestellte zählten damals zu den am meisten unterdrückten sozialen Gruppen, aber Agatha Christie hat kein Mitleid mit ihnen«, sagt Robert Barnard *(A Talent to Deceive*, 1980, S.42) und führt dies auf Christies klischeeverhafteten und kühlen Realismus zurück: »Ihrer Erfahrung nach waren Küchenmädchen ungebildet und wenig wortgewandt, und deshalb wurden sie auch so dargestellt« (S.43). Jedoch ist die Beziehung zwischen Hausherrin und Angestellter in den Marple-Geschichten vielleicht herzlicher, als Robert Barnard wahrhaben will, und gelegentlich veranlaßt die ungerechte Behandlung eines Hausmädches Miss Marple dazu, ihren detektivischen Spürsinn einzusetzen. In der Kurzgeschichte »Die Perle« aus *Die Uhr war Zeuge* verteidigt sie Gladys – »ein impertinentes Ding und viel zu sehr von sich eingenommen, aber letztlich grundehrlich« – gegen den Vorwurf der Unehrlichkeit, und in *Das Geheimnis der Amseln* rächt sie den Tod einer anderen Gladys. Doch diese Fälle dienen eher dazu, Miss Marple als integre und mitfühlende Person darzustellen, und weniger, das Leben und die Persönlichkeit der Dienstboten zu zeigen. Im allgemeinen nämlich ist Miss Marples Einstellung mehr von einer für die Mittelschicht typischen Gereiztheit und Verständnislosigkeit angesichts der Dummheit und Nachlässigkeit der

Arbeiterklasse geprägt: »Sechs Spinnweben auf der Bilderleiste, das fiel Miss Marple ins Auge. Diese Mädchen schauen doch nie nach oben! Trotzdem war sie zu freundlich, um ein Wort darüber zu verlieren.« Es erhärtet Robert Barnards Bemerkung über den Realismus Agatha Christies, daß erst mit der Gestalt der unabhängigen, intelligenten Cherry – ein Produkt des Wohlstands und der Bildungsmöglichkeiten der Nachkriegszeit – in *Mord im Spiegel* (engl. 1962) einer Beziehung zwischen Miss Marple und einer ihrer Angestellten Beachtung geschenkt und die gesellschaftliche Stellung des »Hausmädchens« überhaupt beschrieben wird.

Wir erfahren nie genau, wer oder was Miss Marples Eltern waren, doch aus Andeutungen können wir entnehmen, daß ihr Vater ein Geistlicher war und sie zu einer Pfarrersfamilie gehörte. In *Fata Morgana* denkt sie an eine Reise nach Florenz zurück, als sie »ein englisches Mädchen mit rosigem Teint aus dem Bezirk um die Kathedrale« war, und dann fallen Bemerkungen über einen Onkel Thomas, der Stiftsherr von Ely, und einen weiteren Onkel, der Stiftsherr der Kathedrale in Chichester gewesen war. Sie wurde, wie es in dieser Gesellschaftsschicht im 19. Jahrhundert üblich war, von einer Gouvernante erzogen, und davon erzählt sie Inspektor Slack in »Die Perle« *(Die Uhr war Zeuge):*

> »Es ist so schwierig, sich genau auszudrücken, finden Sie nicht? ... sehen Sie, wenn man keine moderne Erziehung genossen hat, wie heute – nur eine Gouvernante, die einem die Regierungszeiten der englischen Könige beibrachte und ein bißchen Allgemeinbildung ... Und wie man Etiketten macht und derlei. Sehr weitschweifig, wissen Sie, aber nicht, wie man bei einer Sache bleibt.«

Wie wir sehen werden, führt die weitschweifige Methode – Miss Marples Markenzeichen bei ihrer detektivischen Arbeit – zu besseren Ergebnissen als das geradlinige Vorgehen der Detektive, die mit ihr im Wettstreit stehen, insbesondere Inspektor Slack. Und dann ist »Etiketten« eine nette, ironische Bemerkung, denn diese scheinbar nutzlose Betätigung ist eine weitere von Miss Marples Stärken beim Aufklären von Verbrechen: Gerade das Klassifizieren und »Etikettieren« von Menschen anhand von Analogien führt sie häufig untrüglich zum Verbrecher.

Durch flüchtige Einblicke können wir die Kindheit Miss Marples erahnen: Ein großes, etwas verfallenes Pfarrhaus, der Vater ein geistesabwesender Pfarrer, der ein wenig an den Kanonikus Pennyfeather in *Bertrams Hotel* erinnert, eine energische Mutter und Großmutter, mit denen sie gelegentlich Reisen nach Paris oder London unternahm, eine Tante Helen und mindestens eine Schwester, von der wir zwar nie hören, auf die wir aber aus der Existenz des Neffen Raymond West schließen müssen. Miss Marples Vergangenheit erinnert in gewisser Weise an Agatha Christies eigene Kindheit, an die sie so gern zurückdachte und die ihr als reiche Quelle für Nostalgie diente.

In *Bertrams Hotel* wird diese Nostalgie am nachhaltigsten heraufbeschworen, aber auch als eine verdächtige Mischung von Erinnerung und Täuschung dargestellt. Chefinspektor Davy fällt auf, daß das Hotel ein Schwindel ist, insbesondere aber bemerkt er die alte Dame »mit dem weißen, weichen Haar und dem Strickzeug ... Fast könnte sie auf der Bühne stehen, oder? Der Inbegriff einer Großtante.« Miss Marple ist eine »authentische« Großtante, während die meisten anderen Gestalten aus der alten Zeit nicht das sind, was zu sein sie vorgeben. Der kriminalistische Kunstgriff besteht darin, diese Gestalten zu entlarven und als das darzustellen, was sie in Wirklichkeit sind, nämlich Diebe und Betrüger. Es entbehrt nicht der Ironie, daß die anachronistischste und nostalgischste dieser Gestalten, Miss Marple, das Mittel zur Enthüllung ist: der Mythos, der sich selbst entlarvt. Doch während die doppelsinnige Enthüllung vor sich geht, werden bei den LeserInnen Erinnerungen oder Phantasiebilder wachgerufen, wie ein gutes Hotel früher zu sein pflegte, und es wird eine verlorene, sehnlichst herbeigewünschte Welt ehrbaren Wohlstands, bequemen Lebens und guten Essens beschworen, wozu insbesondere die Muffins der Kindheit gehören. An einer Stelle dieses Romans begibt sich Miss Marple auf eine sentimentale Reise durch London, sucht all die Geschäfte, Gärten und Plätze auf, die sie als Mädchen kannte, und bemerkt die Veränderungen: Familienhäuser, die in Mietwohnungen unterteilt wurden, und ein riesiger Wolkenkratzer modernster Bauweise (wir befinden uns im Jahr 1965) am Lowndes Square, wo Lady Merridew, eine entfernte Cousine, früher einmal in gewissem Wohlstand lebte. Auch für die LeserInnen ist dies eine sentimentale Reise, insbesondere für solche, die mit freundlichem Bedauern auf die Vorkriegszeit zurückblicken können, als eine wohlhabende Frau der Mittelschicht, wie Miss Marples Tante Helen, eine geschlagene Stunde mit einer persönlichen Bedienung in der Lebensmittelabteilung der Army and Navy Stores verbringen konnte und »an jedes nur mögliche Nahrungsmittel dachte, das gekauft und für den künftigen Gebrauch in der Speisekammer aufbewahrt werden konnte«.

Aber diese Welt brachte auch Einschränkungen mit sich, vor allem für ein junges Mädchen wie Jane Marple, die eine vornehme

Erziehung genoß. Während Tante Helen ihre Einkäufe tätigte, zappelte die kleine Jane herum und mußte sich sagen lassen, sie solle »in die Glasabteilung gehen und sich dort vergnügen«. Was ihr Vergnügen betraf, mußten Mädchen in jener Zeit sich mit sehr wenig zufrieden geben. »Das Motto meines Vaters lautete, daß Jungen überall hingehen und alles kennenlernen sollten, während ein Mädchen zu Hause bleiben und nichts kennenlernen sollte«, schrieb M.V. Hughes in *A London Child of the 1870s* (1977). Wenn dies tatsächlich die allgemeine Einstellung war – und M.V. Hughes beschreibt ihre Kindheit als außergewöhnlich glücklich –, dann konnte es wirklich als ein aufregender Zeitvertreib für ein junges Mädchen gelten, sich in der Glasabteilung umzusehen.

Durch diese gelegentlichen Verweise auf das lebhafte kleine Mädchen, dessen Erfahrungen stark auf denen Agatha Christies mit ihrer Mutter und ihrer Oma-Tante beruhen, erfahren wir zwar einiges über Miss Marples Kindheit, aber über ihre Jahre als junge Frau hören wir nichts weiter. Während Agatha Christie (zweimal) heiratete, ein Kind bekam, Schriftstellerin und Amateurarchäologin wurde, Reisen unternahm und Geld und Ruhm einheimste, führte Jane Marple eher ein Schattendasein, von dem wir sehr wenig erfahren, bis sie sich im Alter detektivisch betätigt. »Ich bin an Kranke gewöhnt«, sagt sie in *Das Schicksal in Person*, »im Laufe meines Lebens habe ich viel Umgang mit ihnen gehabt.« Aus dieser Bemerkung können wir schließen, daß sie ihre mittleren Lebensjahre damit verbrachte, ihre gebrechlichen Eltern und vielleicht auch andere Verwandte zu pflegen. Außerdem spricht sie von der Einsamkeit des Alters: »Ich habe Neffen und Nichten und liebe Freunde – aber es gibt niemanden, der mich als junges Mädchen kannte – niemand, der zu der alten Zeit gehört. Jetzt bin ich schon ziemlich lange allein« *(Ein Mord wird angekündigt*, Kap. 17). Bevor sie sich von ihrer Reifezeit verabschiedete, muß sie viele Jahre – wenn auch auf wohlerzogene Weise – damit zugebracht haben, auf den richtigen Mann zu warten; und selbst wenn sie das gar nicht ersehnte oder wünschte, wurde es doch von ihr erwartet. Wie angenehm ihr das Leben als unverheiratete Frau auch gewesen und wie dankbar sie später dafür sein mochte, kann ihr doch nicht entgangen sein, daß es eine gewisse Schande bedeutete, nicht geheiratet zu haben, und das Stigma der alten Jungfer muß, nachdem sie die Blüte der Jugend hinter sich gelassen hatte, an ihr gehaftet haben, wie an der Heldin von Winifred Holtbys *The Crowded Street:*

Jetzt wußte sie, für was die anderen sie hielten – ein stures altes Fräulein, gemein und boshaft. Sie sah sich mit den Augen der jungen Mädchen vor der Tür. Sie verglich deren fröhliche, rücksichtslose Jugend mit ihrer eigenen bitteren Reife. Sie sah die zehn vergeudeten Jahre, die hinter ihr lagen, und ihre öde Zukunft. Sie sah sich, vor Enttäuschung verbittert, wie sie Delia ihr Glück und Connie ihre Freiheit neidete und sich über Aufgaben ärgerte, die andere ebensogut hätten erledigen können, und wie sie Großzügigkeit von Frauen annehmen mußte, die sie verachtete. *(The Crowded Street*, Kap. 24)

Doch als wir Miss Marple schließlich kennenlernen, scheint sie es nicht zu bedauern, keine Ehe eingegangen zu sein. In *Bertrams Hotel* erinnert sie sich dankbar daran, wie ihre Mutter eine unpassende Jugendliebe verhinderte:

Jane Marple, dieses lebenslustige junge Mädchen mit dem rosigen Teint ... ein ziemlich törichtes Geschöpf in vieler Beziehung ... ach, wer war denn noch der recht unpassende junge Mann, dessen Name – oh, du liebe Güte, sie konnte sich nicht einmal mehr darauf besinnen! Wie weise von ihrer Mutter, daß sie diese Freundschaft so entschlossen im Keim erstickt hatte. Jahre später war sie ihm wieder begegnet – und er war wirklich ganz schrecklich! Damals aber hatte sie sich mindestens eine Woche lang jeden Abend in den Schlaf geweint. *(Bertrams Hotel*, Kap. 2)

Vielleicht hält sich ihr Bedauern darüber, nicht geheiratet zu haben, auch deshalb stark in Grenzen, weil sie keine allzu hohe Meinung von den Männern hat. Zwar weiß sie deren Männlichkeit durchaus zu schätzen – »ihre offenen blauen Augen nahmen die männlichen Proportionen und das ansprechende Gesicht von Detective-Inspektor Craddock mit ausgesprochen weiblich-viktorianischer Bewunderung wahr ... Detective-Inspektor Craddock errötete« –, doch abgesehen davon läßt sie spitze Bemerkungen über »die Herren der Schöpfung« fallen und hält das andere Geschlecht »für eine Horde wilder Tiere«. Meist zielen ihre Bemerkungen über Männer darauf ab, daß sie kindisch und fordernd sind: »Männer sind im allgemeinen ziemlich egoistisch ... Männer fühlen sich so *leicht* vernachlässigt«, sagt sie in *Die Tote in der Bibliothek*, und sie sind weitaus gefühlsbetonter und weniger logisch, als sie gerne glauben möchten, »häufig nicht so nüchtern, wie sie erscheinen«. In den Romanen wird auch wiederholt gezeigt, daß die männliche Logik zwar, wie Miss Marple sagt, »immer dazu fähig zu sein scheint, Dinge eindeutig einzuordnen«, doch entgehen Männern die wirklich aussagekräftigen Tatsachen, oder sie tun diese als irrelevant ab. Auch in moralischer Hinsicht lassen Männer oft zu wünschen übrig; sie sind tyrannisch wie Colonel Protheroe in *Mord im Pfarrhaus*, besitzergreifend wie Dr. Kennedy in *Ruhe unsanft* oder schlicht und ergreifend lästig wie Major Palgrave in *Karibische Affaire*. Vor allem aber sind Männer nicht wirklich vertrauenswürdig; da sie ökonomisch und sexuell mehr Macht besitzen als Frauen, sind sie habgierig und nicht fürsorglich:

»Frauen haben immer und überall das Nachsehen in dieser Welt. Sie sind verletzlicher. Sie bekommen Kinder, und dann machen sie sich Sorgen – schreckliche Sorgen – um ihre Kinder. Und sobald sie nicht mehr schön sind, werden sie von den Männern, die sie lieben, nicht mehr geliebt. Sie werden betrogen und verlassen und beiseite geschoben.« *(Fata Morgana*, Kap. 16)

Eine junge Frau, nicht Miss Marple, sagt diese Worte, doch sie haben ein unverkennbares Gewicht, und zusammen mit den vielen spitzen Bemerkungen, die Miss Marple über Männer macht, legen sie nahe, daß es vielleicht gar nicht so schlecht ist, unverheiratet zu sein, und daß das Junggesellinnendasein durchaus seine Vorzüge hat.

Im letzten Miss Marple-Roman, *Das Schicksal in Person*, erzählt Miss Marple dem Anwalt, von dem sie nach der erfolgreichen Aufdeckung des Falls die versprochene Geldsumme abholt, daß es ihr Spaß bereiten wird, es auszugeben:

An der Tür warf sie einen Blick zurück und lachte. Einen Augenblick lang mußte Mr. Schuster ... an ein hübsches junges Mädchen denken, das bei einer Gartenparty auf dem Land den Pfarrer begrüßte. Einen Augenblick später wurde ihm bewußt, daß es eine Erinnerung an seine eigene Jugend war. Doch eine Minute lang hatte Miss Marple ihn an dieses junge, fröhliche Mädchen erinnert, das sich amüsieren wollte. *(Das Schicksal in Person*, Kap. 23)

Damit wird nicht nur angedeutet, daß Jane Marple als junge Frau lebhaft und attraktiv war, sondern auch, daß sie immer noch jung ist, daß sie durch ihr Leben als alte Jungfer nichts von ihrem sprühenden Geist eingebüßt hat, daß sie die Energie, die eine Ehe vielleicht aufgezehrt hätte, in andere Dinge steckt, insbesondere in detektivische Ermittlungen. Gerade durch den Umstand, daß sie unverheiratet ist und somit bestimmten Aktivitäten nachgehen kann, bleibt sie jung.

In dieser Hinsicht erinnert Miss Marple, die alte Jungfer, an der die Zeit mehr oder minder spurlos vorübergeht, an das Dorf St. Mary Mead, in dem sie lebt. Beide scheinen eine Art mythischer Dauerhaftigkeit zu besitzen, die sie vor biologischen und gesellschaftlichen Veränderungen bewahrt. Als St. Mary Mead in *Mord im Pfarrhaus* erstmals Erwähnung findet, wird der Ort zwar kaum beschrieben, aber es gibt einen Plan, auf dem die typischen Bauten eines englischen Dorfes verzeichnet sind: die Kirche und das Pfarrhaus, das Haus des Arztes, der Bahnhof, der Pub »Zum Blauen Eber«, der Gemeindesaal am Rand des Dorfes und verschiedene kleine Landhäuser und Geschäfte. Auch in den folgenden Romanen hält Agatha Christie an diesem Grundriß fest, doch durch Miss Marple schildert sie äußerliche Veränderungen:

Der alte Kern von St. Mary Mead existierte noch. Der »Blaue Eber« war noch da, ebenso wie die Kirche und das Pfarrhaus und die kleine Gruppe von Häusern aus der Zeit Königin Annes und König Georges, zu der das ihre gehörte. ... Die Häuser sahen noch mehr oder minder wie früher aus, aber das konnte man von der Dorfstraße nicht behaupten. Wenn ein Laden den Besitzer wechselte, führte das zu sofortiger und maßloser Modernisierung. *(Mord im Spiegel*, Kap. 1)

Mord im Spiegel wurde 1962 veröffentlicht. Zu dieser Zeit also denkt Miss Marple über diese Veränderungen nach, insbesondere über die neue Sozialbausiedlung hinter dem Pfarrhaus, wo früher die Kühe des Bauern Giles weideten. »Und warum auch nicht? fragte Miss Marple sich streng. Solche Dinge mußten einfach sein. Die Häuser waren notwendig, und sie waren gut gebaut, wie ihr zumindest versichert worden war.« Dies ist ein Beispiel dafür, wie Agatha Christie Miss Marple dazu veranlaßt, das Vergehen der Zeit und das Aufkommen neuer Ideen anzuerkennen. In *Ein Mord wird angekündigt* (engl. 1950) etwa kommen unter anderem der Kalte Krieg, der Niedergang des Bergbaus, psychologische Theorien, Kriegerwitwen, Flüchtlinge und Landarbeiterinnen zur Sprache, und in *Bertrams Hotel* (engl. 1965) erwähnt Miss Marple nicht nur Marx, sondern auch die Beatles. Auf etwas versteckte Art erhalten die Geschichten so einen Anstrich von Modernität. In *Bertrams Hotel*, beschreibt Lady Selina Hazy, jene knauserige Zeugin einer gemeinsamen Vergangenheit mit dem treffenden Namen [*hazy:* verschwommen, nebelhaft] St. Mary Mead als ein »reizendes, unberührtes Dorf ... Ich nehme an, es sieht dort aus wie eh und je?« Doch Miss Marple widerspricht und denkt an »die Vergrößerung des Gemeindesaals und das veränderte Aussehen der Hauptstraße mit ihren modernen Ladenfassaden«. Aber es sind nur die Fassaden der Läden, die sich verändert haben, und der Gemeindesaal wird vergrößert, nicht abgerissen; es ist beruhigend, daß die grundlegende Struktur des Dorfes die gleiche bleibt, ebenso wie die Menschen, die dort leben:

Die neue Welt war die gleiche wie die alte. Die Häuser sahen anders aus, die Straßen hießen jetzt anders, die Kleider waren anders, die Stimmen waren anders, aber die Menschen waren genauso wie eh und je. Und auch wenn etwas andere Wörter und Redewendungen verwendet wurden, drehten sich die Gespräche um die gleichen Themen. *(Mord im Spiegel*, Kap. 2)

Wie Miss Marple, die ihre viktorianischen Kleider ablegt, verändert St. Mary Mead die äußere Erscheinung, bleibt sich im Grunde aber treu. Und da St. Mary Mead sinnbildlich für die ganze Gesellschaft steht, wird damit angedeutet, daß sich auch die menschliche Gesellschaft und die menschliche Persönlichkeit nicht verändern. In der konservativen Welt des Detektivromans gelten Dauerhaftigkeit und Beständigkeit: der Wandel ist oberflächlich, die Störung kurzfristig, der Mörder wird entdeckt, und die typischen Eigenschaften der Menschen können durch eine weise, erfahrene Person richtig erfaßt und eingeordnet werden. Im nächsten Kapitel sehen wir, daß die alte Jungfer Miss Marple genau diese weise und erfahrene Person ist, die sich über die unveränderlichen Launen der menschlichen Natur den Überblick bewahrt. Es entbehrt natürlich nicht der Ironie, daß sie eine Gesellschaft beschützt, die ihr Verachtung entgegenbringt oder bestenfalls mit amüsierter Toleranz begegnet. Als erfolgreiche Detektivin untergräbt Miss Marple zwar die Kategorie der »alten Jungfer«, mit der sie von der Gesellschaft herabgesetzt und nicht ernstgenommen wird, aber ihre Rolle besteht nichtsdestoweniger darin, diese Gesellschaft mit ihren patrilinearen Erbrechten und Eigentumsverhältnissen zu schützen und zu stabilisieren, die sich immer am härtesten gegen unverheiratete Frauen gerichtet haben.

Ein halbes Pfund gepulte Krabben: Miss Marple als Detektivin

In der frühen Kurzgeschichtensammlung *Der Dienstagabend-Club* (engl. 1932) findet sich in Miss Marples Haus ein Kreis von Freunden zusammen, um sich nach einer kurzen, einführenden Handlung mysteriöse Ereignisse zu erzählen, die ihnen im Laufe ihres Lebens untergekommen sind. Natürlich ist es jedes Mal Miss Marple, die die Lösung des Rätsels liefert. Der Kreis nennt sich »Dienstagabend-Club«, und die Mitglieder sind alte Bekannte aus Miss Marples Welt: Sir Henry Clithering, Ex-Kommissar von Scotland Yard; Dr. Pender, ein Geistlicher; Mr. Petherick, der Anwalt; und Raymond West, Miss Marples Neffe, sowie dessen Freundin und spätere Ehefrau Joyce Lempriere. Anfangs will die Gruppe Miss Marple nicht in ihr Detektivspiel miteinbeziehen – »Ich hätte nicht gedacht, daß es Ihnen Spaß machen würde«, sagt Joyce –, und zuerst behandeln die anderen sie mit einer gewissen Belustigung, als sie ein Beispiel für ein ungelöstes Geheimnis erzählt, den Fall der verschwundenen Krabben:

»Gestern früh ist Mrs. Carruthers etwas sehr Seltsames passiert. Sie kaufte ein halbes Pfund gepulte Krabben bei Elliot, und dann ging sie in zwei weitere Geschäfte. Als sie nach Hause kam, stellte sie fest, daß sie die Krabben vergessen hatte. Also ging sie in die zwei Läden zurück, in denen sie etwas besorgt hatte, aber die Krabben waren wie vom Erdboden verschluckt. So etwas nenne ich höchst ungewöhnlich.«

»Wirklich nicht ganz koscher«, pflichtete Sir Henry Clithering ihr ernsthaft bei.

»Es gibt natürlich alle möglichen Gründe dafür«, fuhr Miss Marple fort, wobei sich ihre Wangen vor Aufregung rosig färbten. »Zum Beispiel, jemand anderes ...«

»Meine liebe Tante«, sagte Raymond West leicht amüsiert, »ich dachte dabei eigentlich nicht an dörfliche Begebenheiten. Ich dachte an Morde und geheimnisvolles Verschwinden ...«

(*The Thirteen Problems:* »Tuesday Night Club«; in der dt. Ausg. blieb diese Stelle unübersetzt)

Bereits im ersten Miss Marple-Roman, *Mord im Pfarrhaus*, finden die gepulten Krabben (diesmal nur ein Viertelpfund) Erwähnung, als Griselda sagt: »Ich wollte, Sie würden den Fall aufklären, Miss Marple, wie damals, als Sie herausfanden, wie die gepulten Krabben von Miss Wetherby verschwanden. Und nur, weil diese Sache Sie an etwas völlig anderes erinnerte, das mit einem Sack Kohlen zusammenhing« (Kap. 11). Auch in dem späteren Roman *Ruhe unsanft* werden die Krabben erwähnt, aber mittlerweile sind sie eingelegt *(pickled)* und nicht gepult *(picked)*, vermutlich deshalb, weil der letztere Ausdruck zum Zeitpunkt der Veröffentlichung des Romans (1976) ungebräuchlich geworden war. Doch mittlerweile gehören die Krabben, in welcher Form auch immer, zum Mythos um Miss Marple:

»Sie liebt Probleme ... Jede Art von Problemen. Warum die Frau des Lebensmittelhändlers ihren Regenschirm an einem schönen Abend auf eine Kirchenveranstaltung mitnahm. Warum ein Viertelpfund eingelegter Krabben an einer ganz bestimmten Stelle aufgefunden wurde. Was mit dem Talar des Pfarrers passierte. Das ist alles Wasser auf die Mühlen von Tante Jane.« *(Sleeping Murder [Ruhe unsanft]*, Kap. 3)

Zu diesem Zeitpunkt sind die Krabben bereits zu einem Sinnbild für Miss Marples detektivische Methoden geworden, denn sie verkörpern sowohl das Banale als auch das Geheimnisvolle des Alltags. Sie bilden die grundlegende Prämisse der Marple-Romane, die besagt: Wenn eine Person das Geheimnis der verschwundenen Krabben lösen kann, dann kann sie auch wesentlich schwierigere Probleme lösen, bis hin zum Mord. Die menschliche Natur ist immer gleich, ob sie nun Krabben stiehlt oder einen Plan zur Ermordung eines anderen Menschen entwirft, und St. Mary Mead in seiner dörflichen Beschaulichkeit ist ebenso ein Ort des Bösen (und des Guten) wie die geschäftigste Großstadt; dieser Einsicht schließen sich Miss Marples Freunde, und insbesondere ihr Neffe Raymond, indes nicht immer an. So sagt Miss Marple zu ihm:

»Ihr glaubt sicher alle, daß ich wahrscheinlich nichts Interessantes erlebt habe, weil ich mein ganzes Leben in diesem abgelegenen Fleckchen zubrachte. ... [Aber] die menschliche Natur ist überall ziemlich die gleiche, und natürlich hat man in einem Dorf bessere Gelegenheit, sie aus der Nähe zu studieren.« *(Der Dienstagabend-Club:* »Der Daumenabdruck des heiligen Petrus«)

Nur anmaßende und gedankenlose Menschen halten St. Mary Mead für einen Ort, der sich nicht dazu eignet, die menschliche Natur zu studieren und dadurch kriminalistische Fähigkeiten zu entwickeln, wie Miss Marple dem »sehr distinguierten jungen Mann« Raymond vor Augen führt:

»Für mich ist St. Mary Mead wie ein abgestandener Tümpel.«

»Das ist wirklich kein sehr guter Vergleich, lieber Raymond«, sagte Miss Marple lebhaft. »Wenn man es unter dem Mikroskop betrachtet, ist doch nichts so voller Leben wie ein Wassertropfen aus einem abgestandenen Tümpel.«

»Leben – na ja, eine gewisse Art von Leben«, gab der Schriftsteller zu.

»Im Grunde ist das Leben doch überall ziemlich gleich, findest du nicht?« meinte Miss Marple. *(The Murder at the Vicarage [Mord im Pfarrhaus]*, Kap. 21)

Die Kurzgeschichten in *Der Dienstagabend-Club* machen die Schlichtheit von Miss Marples detektivischen Methoden besonders deutlich, und insbesondere zeigen sie, daß die Umgebung für das Verbrechen im Grunde keine Rolle spielt. Jede Geschichte wird von einem anderen Teilnehmer erzählt, und jede erzeugt ihre eigene Stimmung, die anfangs von entscheidender Bedeutung zu sein scheint. »Der Tempel der Astarte« *(The Idol-House of Astarte)* erinnert an eine Schauergeschichte, »Die verschwundenen Goldbarren« *(Ingots of Gold)* an eine Schmugglergeschichte aus Cornwall, »Der rote Badeanzug« *(The Bloodstained Pavement)* an eine Gespenstererzählung. Doch im Verlauf der Geschichte zeigt sich, daß die Stimmung eine falsche Spur ist, die die weniger logisch denkenden und klarsichtigen Mitglieder des Dienstagabend-Clubs in die Irre führt und die LeserInnen, die nach Hinweisen suchen, zeitweilig ablenkt. Doch Miss Marple als gute positivistische Denkerin erblickt hinter der Fassade von Schauplatz und Atmosphäre die Tatsachen, die sie zur Wahrheit über das Verbrechen führen. In »Der rote Badeanzug« ist das, was anfänglich wie Vorahnung aussieht, ein Verbrechen, bei dem der Täter einen falschen, früheren Zeitpunkt des Unfalls vortäuscht, und in »Der Tempel der Astarte« beweist Miss Marple, daß ein Mann, der scheinbar ermordet wurde, während sich niemand in dem Haus aufhielt, bei einem Sturz das Bewußtsein verlor und erst danach von jemandem getötet wurde, der ihm zu Hilfe kam. Die Wirkung dieser Geschichten besteht natürlich darin, den Lesenden zu bestätigen, daß die menschliche Logik auch angesichts des Unheimlichen greift; selbst wenn die Wirklichkeit irreal und bedrohlich scheint, unterliegt sie doch den Gesetzen der Rationalität.

In allen Büchern wird Miss Marple, eine kleine alte Dame in einem Dorf, als die ideale Detektivin dargestellt. »In England gibt es keinen Detektiv, der einer altjüngferlichen Dame unbestimmten Alters mit jeder Menge Zeit das Wasser reichen kann«, sagt der Pfarrer in *Mord im Pfarrhaus*, und Sir Henry Clithering beschreibt Miss Marple laut Inspektor Craddock folgendermaßen:

»... der gerissenste Detektiv auf Gottes Erdboden, ein natürliches Genie, das sich in einer günstigen Umgebung entwickelte. Er sagte, ich solle niemals –« Dermot Craddock hielt kurz inne, um ein besseres Wort für »alte Katzen« zu finden – »ältere Damen verachten. Er meinte, sie könnten einem oft sagen, was hätte passieren können, was hätte passieren müssen, und sogar, was tatsächlich passiert ist. Und ... sie könnten einem sagen, *warum* es geschehen ist. Dann fügte er noch hinzu, diese – äh – ältere Dame, von der hier die Rede sei, gehöre zur Spitzenklasse.« *(4.50 from Paddington [16 Uhr 50 ab Paddington]*, Kap. 16)

Die Fähigkeiten, über die alte Damen verfügen – zu wissen, was, wie und warum etwas passierte und was hätte passieren sollen –, stellen einige der Hauptmerkmale eines Detektivs dar: ein starkes moralisches Empfinden, Kenntnis der menschlichen Natur und die Fähigkeit, aus genau beobachteten Indizien Rückschlüsse zu ziehen. Aus alten Damen können gerade deshalb so hervorragende Detektivinnen werden, weil sie ein »banales« oder »triviales« Leben führen, denn sie haben jede Menge freie Zeit, besitzen die Weisheit der Erfahrung und ein gutes Gedächtnis, sind kaum in private Dramen verwickelt und verfügen über die Fähigkeit, stellvertretend zu leben, indem sie das Leben anderer beobachten und darüber klatschen. In *Gyn/Ökologie* bemerkt Mary Daly, daß das Wort *trivia* einer der Namen der alten dreifachen Göttin war, von der die christliche Vorstellung der Dreifaltigkeit abstammt; erst in neuerer Zeit hat es eine abwertende Bedeutung angenommen für alles, was oberflächlich, unwesentlich und alltäglich ist, doch die frühere Bedeutung hatte etwas mit Allgegenwart zu tun, mit Alltäglichkeit im Sinne von überall sein und in alle Richtungen blicken. In der Gestalt Miss Marples greift Agatha Christie die patriarchale Vorstellung des Trivialen auf und verwandelt es in etwas, das seiner früheren Bedeutung nahekommt. Das gewöhnliche, von Klatsch geprägte, unbeachtete Leben einer alten Dame wird zur einflußreichen Macht des Guten, und die ungeschmälert weibliche, sehr personalisierte Herangehensweise an die Gesellschaft wird in Miss Marple zum Element lebensrettender Notwendigkeit. Agatha Christie war keine ausgesprochene Feministin, wie sie in ihrer Autobiographie klarstellt, und in ihren Romanen verrät sie eine tiefe Abneigung gegenüber Karrierefrauen, doch legte sie großen Wert auf herkömmliche weibliche Eigenschaften und Gewohnheiten, die in der Gestalt Miss Marples zu Trägern von Logik, Moral und Gerechtigkeit werden. In dieser Hinsicht unterscheidet Agatha Christie sich von vielen ihrer eindeutig progressiven Zeitgenossinnen, denn innerhalb ihres eigenen Rahmens ist Miss Marple nicht nur moralisch und fürsorglich – die traditionellen Eigenschaften einer guten Frau innerhalb des Patriarchats –, sondern auch eine geistige Kraft, die in die männliche Domäne von Logik und Rationalität vordringt. Dadurch wird sie, wie Inspektor Craddock erkennt, »gefährlich wie eine Klapperschlange«. Ein Großteil des Vergnügens an der Miss Marple-Lektüre und den entsprechenden Verfilmungen entsteht aus dem Widerspruch, daß eine kleine alte Dame, die aufgrund des Jugendkults von der Gesellschaft bestenfalls als reizende Exzentrikerin und schlimmstenfalls als lästige Nervensäge gesehen wird, eine strengere Logik hat als die kompetentesten Polizeibeamten, aber auch verderbter ist als der ehrgeizigste Übeltäter – in dem Sinn, wie Mrs. Dane Calthrop sagt: »Sie weiß mehr über die verschiedenen Arten menschlicher Schlechtigkeit als jede andere Person, die ich je gekannt habe« *(The Moving Finger [Die Schattenhand]*, Kap. 14).

Eine der Haupteigenschaften Miss Marples ist, zumindest angeblich, ihre Fähigkeit zu klatschen, eine Schwäche, die insbesondere alten und unverheirateten Frauen zugeschrieben wird. Agatha Christie spielt mit diesem Bild der alten Jungfer und verwendet sogar mehrmals das negative Bild der dörflichen Klatschbase:

Miss Wetherby, eine spitznasige, säuerliche alte Jungfer, verbreitete die sensationelle Neuigkeit als erste. Sie erschien bei ihrer Freundin und Nachbarin, Miss Hartnell.

»Verzeih, daß ich so früh komme, Liebste, aber ich dachte, vielleicht hast du noch nicht gehört, *was passiert ist.*«

»Was ist passiert?« fragte Miss Hartnell. Sie hatte eine tiefe Baßstimme und besuchte unermüdlich die Armen, denen es trotz heißem Bemühen nicht gelang, sich vor der Barmherzigkeit des alten Fräuleins zu retten. *(Die Tote in der Bibliothek*, Kap. 4)

So verbreitet sich die Nachricht von der Leiche in Colonel Bantrys Bibliothek, und es dauert nicht lange, bis ihm eine geschmacklose und mörderische Liaison angedichtet wird:

»... ich hörte ganz deutlich, wie er dem Chauffeur die Adresse angab – *wohin, glauben Sie?*«

Fragend blickte Mr. Clement sie an.

»Eine Adresse in *St. John's Wood!*«

Mrs. Price Ridley schnaufte triumphierend.

Der Pfarrer blieb völlig verständnislos.

»Das – sollte ich meinen – *ist Beweis genug*«, sagte Mrs. Price Ridley.
(Die Tote in der Bibliothek, Kap. 4)

Damit mißdeutet Mrs. Price Ridley die verschiedenen Informationsbruchstücke, die ihr zugetragen wurden. Die Leiche in der Bibliothek Colonel Bantrys, sein Widerstreben zu reden, die Tatsache, daß St. John's Wood traditionell ein Bezirk war, in dem Londoner Männer ihren Geliebten ein Liebesnest einrichteten, werden in falsche Beziehung zueinander gesetzt und führen somit zu einem irrigen »Beweis«. Mrs. Price Ridley ist nicht nur eine schlechte Detektivin, sondern auch keine gute Klatschbase, denn ihre Schlußfolgerungen gehen nicht tief genug und werden auch nicht mit moralischer Zurückhaltung eingesetzt. Miss Marple hingegen ist eine gute Klatschbase und somit auch eine gute Detektivin. Sie interessiert sich ebenfalls für jede kleine Information und hätte auch bemerkt, daß Colonel Bantry mit dem Taxi nach St. John's Wood fuhr. Aber sie hätte auch in Betracht gezogen, daß er kaum ein Mann war, der sich eine Geliebte hielt, und deshalb andere Erklärungen dafür gesucht, warum er dorthin fuhr. Insbesondere hätte sie ihre Spekulationen niemandem mitgeteilt, ohne sich vorher zu vergewissern, daß dies richtig und notwendig war. Sie klatscht nicht ohne Sinn und Verstand.

In einem Kapitel in *Ein Mord wird angekündigt*, das in der englischen Ausgabe treffenderweise den Titel »Miss Marple Comes to Tea« (etwa: Teestunde mit Miss Marple) trägt, sehen wir, wie Miss Marple Klatsch positiv einsetzt. Sie kommt Letitia Blacklock »in ihrer freundlich tratschenden Art sehr reizend« vor und scheint eine jener alten Damen zu sein, die sich »ständig mit Einbrechern beschäftigen«. Da sich in Miss Blacklocks Haus ein Mord ereignet hat, erscheint es unverdächtig und sogar unvermeidlich, dieses Thema anzuschneiden; außerdem erlaubt dieser Umstand Miss Marple, forschende Fragen zu stellen und, wichtiger noch, er regt andere Personen zu Indiskretionen an. Das scheinbar triviale und von Zufälligkeiten bestimmte Gespräch steuert dabei genau auf die Themen hin, die Miss Marple beschäftigen, und eines davon ist die Frage, ob Miss Blacklock ihren Neffen und ihre Nichte bereits als Kinder kannte. An diesen Punkt tastet sie sich durch das Gespräch über Möbel heran.

»Ich muß gestehen«, sagte nun Miss Marple, »daß auch ich an meinen wenigen Besitztümern sehr hänge ... es sind so viele Erinnerungen damit verknüpft, verstehen Sie. Und ich liebe vor allem mein Fotoalbum. Ich habe Bilder von meinen Neffen und Nichten als Babys, dann als Kinder und so weiter.«

Jetzt wandte sie sich an Patrick.

»Ihre Tante wird wohl viele Fotografien von Ihnen haben?«
(Ein Mord wird angekündigt, Kap. 11)

Die Frage wird im richtigen Moment gestellt, die Auskunft wird ohne jedes Mißtrauen erteilt und dann in Miss Marples Gedächtnis gespeichert, um später in das Puzzle eingefügt zu werden. Auf keinen Fall wird die Information zur müßigen Spekulation benutzt, wie Mrs. Price Ridley es tut. Für den Fall, daß den LeserInnen Miss Marples Strategie – und damit auch eine wesentliche Information – entgangen ist, endet das Kapitel mit einer Koda:

»Hast du das mit Absicht getan?« fragte Bunch, als sie und Miss Marple nach Hause gingen. »Ich meine, als du von den Fotos angefangen hast?«

»Weißt du, mein Kind, es war interessant zu erfahren, daß Miss Blacklock weder ihren Neffen noch ihre Nichte je vorher gesehen hatte ...«
(Ein Mord wird angekündigt, Kap. 11)

Wenn die LeserInnen glauben, dadurch mit der Nase auf Hinweise gestoßen zu werden, sollten sie daran denken, daß auch andere Hinweise eingestreut werden, wobei einer (die Letty/Lotty-Verwirrung) besonders wichtig ist. Dies ist (wie wir später feststellen) Miss Marple nicht entgangen, auch wenn sie dazu keinen Kommentar abgab:

»O Letty!« rief nun Miss Bunner aufgeregt. »Ich habe ganz vergessen, dir zu erzählen, daß der Inspektor heute morgen höchst merkwürdig war. Er bestand darauf, die zweite Tür zu öffnen – die zum Nebenraum, die seit Jahren verschlossen ist ...« Zu spät merkte sie, daß Miss Blacklock ihr durch Zeichen Schweigen bedeutete, und einen Augenblick saß sie mit weitaufgerissenem Mund da. – Dann stieß sie hervor: »Oh, Lotty ... ach, entschuldige bitte, Letty ... oh, mein Gott, wie dumm bin ich doch!« *(Ein Mord wird angekündigt,* Kap. 11)

Die arme Dora Bunner, die eine eher törichte als boshafte Klatschbase ist, stirbt, weil sie ihre Zunge nicht im Zaum halten kann und zudem Miss Marple gestattet, diese Schwäche auszunutzen. Beim Morgenkaffee im Café »Zum Blauen Vogel« unterhalten sich die beiden über Rheumatismus, Ischias und Neuritis und kommen dann auf die Armut und die Rechtschaffenheit früherer Zeiten zu sprechen, auf Miss Blacklocks Besucher, die sie Doras Ansicht nach ausnutzen und sogar zu töten versuchen, und schließlich darauf, daß eine Lampe durch eine andere ersetzt wurde. Inmitten dieser Fülle von unverarbeiteten Informationen erscheint Miss Blacklock: »Kaffee mit Klatsch, Bunny?« fragt sie drohend. Später sagt Miss Marple: »Ich fürchte, daß unser Gespräch im Café Doras Schicksal besiegelt hat ... Aber ich glaube, letzten Endes wäre es auf das gleiche hinausgelaufen ... Denn für Charlotte war das Leben nicht sicher, solange Dora Bunner lebte.« Wie Mrs. Price Ridley liefert Dora Bunner ein Beispiel für Klatsch, der gedankenlos ausgetauscht wird; ob aus Boshaftigkeit oder aus Dummheit, mißbrauchen doch beide die Informationen, die sie haben, und kommen zu falschen Schlüssen, die in Dora Bunners Fall zum Tode führen.

Die Romane Agatha Christies sind, wie alle Kriminalromane, voller falscher Fährten, die die LeserInnen auf die Probe stellen und hinters Licht führen und außerdem das Finale und das überragende Können der Detektivin hervorheben sollen. In der dörflichen Welt der Miss Marple-Romane ist das, was die Leute erfahren und von Gesprächen mit anderen, von Aussehen und Verhalten erinnern – der Stoff für Klatsch –, eine Quelle von Wahrheit und Unwahrheit, und eine gute Detektivin muß sich einen Weg durch widersprüchliche Beweismittel bahnen, um die Wahrheit aufzudecken. Agatha

Christies Romane lassen nie einen Zweifel daran, daß es die Wahrheit gibt, doch wird auch vermittelt, daß sie von vielen Menschen – ob nun absichtlich oder nicht – verzerrt wahrgenommen wird. Das zeigt sich in der ersten Mordszene von *Ein Mord wird angekündigt*, denn die Worte, die der Schütze von sich gab, werden unterschiedlich wiedergegeben – je nach dem Charakter der erzählenden Person und danach, welche Detektivromane sie gelesen hat. Keine dieser Personen hat, wie wir später erfahren, zu diesem Zeitpunkt einen Grund zu lügen. Die sehr feminine Miss Murgatroyd hörte »Hände hoch, bitte«, während ihre eher männliche Freundin sagt, von »Bitte!« sei keine Rede gewesen; die romantische Mrs. Swettenham verstand »Geld oder Leben!«, während Patrick Simmons sich für »Die Hände hoch!« entscheidet und seine ‘Schwester’ Julia für »Pfoten hoch, Herrschaften!«

Die wichtigen Hinweise in dieser wesentlichen Szene von *Ein Mord wird angekündigt*, zu denen eine Tischlampe, eine Vase mit Veilchen und eine verschlossene Tür gehören, sind allen Beteiligten bekannt, und alle können daraus Schlußfolgerungen ziehen, was die meisten Romanfiguren auch tun; aber nur einige kommen der Wahrheit nahe, und lediglich eine, nämlich Miss Marple, deckt sie vollständig auf. Der parallel verlaufende detektivische Handlungsstrang, der beinahe zum Erfolg führt, ist derjenige, in dem Murgatroyd von Hinchliffe dazu gezwungen wird, sich die Ereignisse der Mordszene in Erinnerung zu rufen, und dabei wendet Hinchliffe Marple-ähnliche Methoden der Schlußfolgerung an. Diese amüsante Szene, in der Murgatroyd dazu aufgefordert wird, »die Holzwolle einzusetzen, die du dein Gehirn nennst«, wird kurz vor der Aufklärung durch einen Telefonanruf unterbrochen, mit dem Hinchliffe gebeten wird, einen Hund vom Bahnhof abzuholen. Als sie und Miss Marple später die ermordete Murgatroyd betrachten, sagt Hinchliffe: »‘In gewisser Hinsicht ist es meine Schuld, daß Murgatroyd dort draußen liegt. Ich habe ein Spiel daraus gemacht ... Mord ist kein Spiel.’ ‘Nein’, sagt Miss Marple, ‘Mord ist kein Spiel.’« Doch natürlich ist Mord in diesen Büchern ein Spiel – allerdings eines, das nur eine sehr versierte Klatsch-Detektivin mit Erfolg spielen kann, wie der Dialog zeigt, der auf die Entdeckung von Murgatroyds Leiche folgt. Hinchliffe ist aufgrund von Murgatroyds letzten Worten an sie – »Sie war nicht da« – davon überzeugt, daß der Mörder eine von drei Frauen gewesen sein muß, entweder Mrs. Swettenham, Mrs. Easterbrook oder Julia Simmons. Aber Miss Marple gibt zu bedenken, daß es sehr wichtig sei, wie etwas gesagt und betont werde, und als Hinchliffe einräumt, daß Murgatroyd sagte: »*Sie* war nicht da«, kann Miss Marple die Hinweise besser deuten als Miss Hinchliffe. Das Detektivspiel ist wie das Leben selbst: Wenn wir es falsch angehen, kann das zum Tod führen. Und wenn wir zulassen, daß Unwägbarkeiten des Lebens, wie die telefonische Aufforderung, einen Hund vom Bahnhof abzuholen, das Detektivspiel unterbrechen, kann auch das zum Tod und zum Scheitern als Detektivin führen.

Die Miss Marple-Bücher stecken voller rivalisierender Detektive, etwa der Pfarrer und Raymond West in *Mord im Pfarrhaus*, Jerry Burton in *Die Schattenhand* und die Schuljungen in *Die Tote in der Bibliothek* und *16 Uhr 50 ab Paddington*. Meist sind die erwachsenen Detektive schwer von Begriff, ziehen voreilige Schlüsse, führen halbdurchdachte psychologische Erklärungen an (insbesondere Raymond West beherrscht dies meisterlich) und übersehen vieles, aber die Schuljungen – für die Agatha Christie eine Schwäche hat – schneiden um einiges besser ab. Wie der Pfarrer über seinen heranwachsenden Neffen sagt, sei in dessen Alter »eine Kriminalgeschichte eines der besten Dinge des Lebens ... Der Tod bedeutet einem Sechzehnjährigen sehr wenig«, und die Begeisterung und skrupellose Neugier der Schuljungen läßt sie zu nützlichen Hilfsdetektiven werden. In *Die Tote in der Bibliothek* findet der junge Peter Carmody einen wichtigen Fingernagel und bewahrt ihn auf, und in *16 Uhr 50 ab Paddington* ziehen die zwei Jungen »ganz wie in den Detektivgeschichten« Handschuhe an und bringen einen wichtigen Briefumschlag zum Vorschein.

Am häufigsten führt natürlich die Polizei parallel zu Miss Marple Ermittlungen durch; schließlich ist es ihre Aufgabe, Verbrechen aufzuklären. Dabei gibt es Polizeibeamte, die mit Miss Marple zusammenarbeiten, sie respektieren und ihr vertrauen, wie etwa Inspektor Craddock und Sir Henry Clithering (der sich selbst als Miss Marples Watson bezeichnet), und solche, die mißtrauisch und gehässig sind wie Inspektor Slack, der alle Frauen ablehnt, insbesondere aber die »sich ständig einmischende alte Jungfer« Miss Marple. Slack ist eine mißmutige Version des komischen und unfähigen Polizisten, den LeserInnen und AutorInnen von klassischen Kriminalromanen so ins Herz geschlossen haben; zur Freude der LeserInnen zeigt sich seine Professionalität wesentlich weniger beeindruckend als die Fähigkeit der Amateurdetektivin. Sein großer Nachteil ist, daß er kein Talent zur Klatschbase hat; er kann nicht zuhören, und er handelt voreilig:

Inspektor Slack war stets mit Wonne bereit, sich in große Betriebsamkeit zu stürzen. In einem Auto davonsausen – Leute, die darauf brannten, ihm alles mögliche zu erzählen, grob zum Schweigen zu bringen – jedes Gespräch auf das absolut Notwendige beschränken –, das war für Inspektor Slack das Um und Auf. *(Die Tote in der Bibliothek*, Kap. 3)

In *Mord im Pfarrhaus* baut Inspektor Slack seine Lösung des Falles auf dem unmittelbaren Beweis eines Geständnisses auf: »Das war die Lösung – ein klarer Fall. Mr. Redding konnte es sozusagen nicht erwarten, gehängt zu werden.« Doch Miss Marple weist ihm nach, daß es leichtgläubig und bequem ist, die Äußerungen eines Menschen zu akzeptieren, ohne sie zu hinterfragen. Obwohl Inspektor Slack, wie der Pfarrer sagt, »mehr als jeder andere versuchte, seinen Namen zu widerlegen« [A.d.Ü.: »slack« bedeutet »lasch, bequem«], ist dieser Name eine treffliche Beschreibung seiner Person, denn weder ist er aufmerksam, wenn es darum geht, anderen Menschen zuzuhören und zu entschlüsseln, was sie eigentlich sagen, noch gibt er sich Mühe beim Zusammenfügen der wichtigen Informationen. In diesem Fall hat er zufällig recht – Laurence Redding ist ein Mordkomplize –, aber die Handlung muß noch einige Hürden nehmen, bevor diese Tatsache enthüllt wird, sich durch Bluff und Doppelbluff arbeiten, und es ist nicht Slack, der schließlich die Wahrheit an den Tag bringt, auch wenn er das Verdienst dafür in Anspruch nimmt.

Die Polizeibeamten, die Miss Marple beim Aufspüren am erfolgreichsten Konkurrenz machen, sind diejenigen, die ihr am ähnlichsten sind. Das trifft etwa auf Chefinspektor Fred Davy in *Bertrams Hotel* zu, der »Vater« genannt wird:

Er war eine gemütliche, behäbige Erscheinung und besaß ein so wohlwollendes und freudliches Wesen, daß viele Verbrecher unangenehm überrascht waren, wenn sie entdeckten, daß er weniger jovial und leichtgläubig war, als sie gedacht hatten. *(Bertrams Hotel*, Kap. 4)

Vater sitzt herum, summt ein paar Schlagertakte und ißt gerne Muffins. Insbesondere hört er, im Gegensatz zu Slack, genau zu, wenn Leute ihm etwas sagen wollen, und genießt in gewissem Maße auch unbewiesene Gerüchte und Klatsch. Er besitzt eine kluge Passivität, die auch Miss Marple zu eigen ist, eine Fähigkeit, mit der es ihm gelingt, verschiedenste Informationen aus Menschen hervorzulocken, aufzunehmen und zu speichern, um sie im richtigen Augenblick zusammenzusetzen und das Rätsel des Verbrechens zu lösen:

»Es ist eigentlich komisch, wissen Sie«, fuhr er in einer geschwätzigen Art fort, wobei er wie ein Farmer aussah, der über sein Vieh und sein Land spricht, »jahrelange Erfahrung hat mich gelehrt, einer Sache nicht zu trauen, wenn sie zu einfach und logisch aussieht. Einfache Kausalzusammenhänge sind oft zu schön, um wahr zu sein ... in Wirklichkeit können die Dinge ganz anders liegen.« *(Bertrams Hotel*, Kap. 26)

In diesem Roman ist der Polizist kein Narr; auch wenn er sich gelegentlich so anhört oder so aussieht – groß, dick, kuhäugig, summend wie eine Hummel –, ist er doch scharfsinnig und logisch, wobei er in seiner Analyse die Aspekte berücksichtigt, die mit der Situation in Zusammenhang stehen, aber auch die eher impressionistischen Momente nicht vergißt, die den äußerlichen Eindruck bestimmen. In diesem Roman tritt Miss Marple eher als seine Vertraute und Helferin auf und nicht als die Architektin der Ermittlung wie etwa in *Ein Mord wird angekündigt*. Doch am Ende hat sie recht, wo er sich irrt – nicht bei der Entdeckung des Verbrechersyndikats, das Bess Sedgwick von Bertrams Hotel aus leitet und das Vater erfolgreich aufdeckt, sondern indem sie ahnt, daß an diesem Ort etwas Böses lauert, und indem sie den einzigen Mord vorhersagt, der in diesem Roman stattfindet:

»Ich bin froh, daß ich von hier fortgehe«, gestand Miss Marple mit leichtem Schaudern. »Ehe etwas passiert.«

Chefinspektor Davy blickte sie neugierig an.

»Was soll denn Ihrer Meinung nach geschehen?« fragte er.

»Irgendeine Übeltat«, erwiderte Miss Marple.

»Übeltat ist ein ziemlich starkes Wort ...«

»Sie halten es für zu melodramatisch? Aber ich habe einige Erfahrung. Ich bin nämlich – ziemlich oft – mit Mord in Berührung gekommen.«

»Mord?« Chefinspektor Davy schüttelte den Kopf. »Ich habe keinen Mordverdacht. Es geht hier nur um die nette, gemütliche Aushebung einer auffallend raffinierten Verbrecherbande.«

»Das ist nicht dasselbe. Mord – der Wunsch, einen Mord zu begehen – ist etwas ganz anderes. Es ist – wie soll ich mich ausdrücken? – es ist eine Verachtung Gottes.«

Davy blickte sie an und sagte mit sanfter, beruhigender Stimme:

»Es wird kein Mord stattfinden, Miss Marple.« *(Bertrams Hotel*, Kap. 20)

Kaum hat Chefinspektor Davy dies gesagt, wird ein Mord verübt, und zwar – wie sich herausstellt – von einer Person, die wie »ein Engel in einem Gemälde der frühen italienischen Meister« aussieht, von allen bemitleidet und für unschuldig gehalten wird. In diesem Roman laufen zwei verbrecherische Handlungsstränge parallel, und Chefinspektor Davy konzentriert sich zu zielstrebig nur auf den einen. Aber Miss Marple erkennt mit ihrem »trivialeren« Ansatz auch den zweiten, mörderischen Strang, der mit der Leidenschaft eines jungen Mädchens für einen skrupellosen Mann, den Geliebten ihrer Mutter, zusammenhängt. Chefinspektor Davy sieht ein, daß er und alle anderen in moralischer Hinsicht verglichen mit Miss Marple sehr naiv sind: »Zu viele nette Leute, die von Schlechtigkeit keine Ahnung haben. Im Gegensatz zu meiner alten Dame ... Sie hat in ihrem langen Leben viel Erfahrung mit dem Bösen gehabt: sie hat Augen dafür, sie ist mißtrauisch, und sie zieht aus, um das Böse zu bekämpfen.« *(Bertrams Hotel*, Kap. 22)

Diese Bemerkung wiederholt, was in den anderen Romanen, oft von Polizisten, schon vielfach gesagt wurde, was die Frage nach Miss Marples grundlegender Einstellung gegenüber dem Leben und anderen Menschen aufkommen läßt. Bislang haben wir nur über solche Aspekte ihres Spürsinns gesprochen, die mit ihrer Rolle als kleine alte Dame in einem kleinen Dorf zusammenhängen. Aber in Romanen wie auch in der Realität leben viele Menschen in kleinen Dörfern und werden dort alt, ohne detektivische Fähigkeiten zu entwickeln. Abgesehen von Miss Marples klatschhaftem Interesse an Einzelheiten, das andere, insbesondere unverheiratete Frauen, mit ihr teilen, gibt es in ihrem Charakter auch Aspekte, die wir philosophisch nennen können und die ihr einen Vorsprung vor anderen Detektiven geben. Diese Aspekte sind ihr Glaube, daß die Menschheit schwach, irrend und manchmal böse ist, und ihre Überzeugung von der Unveränderlichkeit des menschlichen Charakters; beide Momente führen sie dazu, Analogien als vorrangiges Instrument bei der Ermittlung einzusetzen.

Bereits im ersten Roman *Mord im Pfarrhaus* wird Miss Marple als durchaus weltzugewandt vorgestellt. »'Mein lieber Pfarrer', sagte Miss Marple, 'Sie sind so weltfremd. Wenn man die menschliche Natur so lange beobachtet wie ich, dann, so fürchte ich, erwartet man nicht mehr allzu viel von ihr.'« Diese Ansicht zieht sich durch alle Romane, obwohl sie gelegentlich in abgeschwächter Form als Mitleid für die Dummheit der Menschen erwähnt wird: »... mir kommt es vor, als wären viele Menschen weder gut noch böse, sondern einfach sehr dumm« *(The Thirteen Problems:* »The Tuesday Night Club« *[Der Dienstagabend-Club:* »Der Dienstagabend-Club«]). Zur Dummheit der Menschen gehört auch, wie in den späteren Romanen immer deutlicher wird, das Böse. In *Die Tote in der Bibliothek* besitzt Miss Marple einen Verstand, »der die Abgründe menschlicher Schlechtigkeit erforscht hat«, und in *Die Schattenhand* (engl. 1942) weiß sie »mehr als jeder andere Mensch über die verschiedenen Arten menschlicher Boshaftigkeit«. In *Das Geheimnis der Amseln* (engl. 1953) ist der Pessimismus, den Agatha Christie ihrer »Tante Oma« entlehnte, bei Miss Marple bereits voll entwickelt, denn sie »glaubt immer an das Schlimmste. Traurig ist dabei, daß man das meistens mit vollem Recht tut.« In *Das Schicksal in Person* (engl. 1971) ist das Heitere früherer Romane wie *Mord im Pfarrhaus* verschwunden, und das Böse steigt auf wie ein Miasma oder der Knöterich, der das Grab der allzu geliebten Verity Hunt bedeckt: »Die Liebe *ist* etwas Entsetzliches. Sie ist dem Bösen ausgesetzt und kann eines der schlimmsten Dinge sein, die es gibt.«

Es ist das Leben in einem Dorf, das Miss Marple so zynisch werden ließ, und aus ihrer Erfahrung mit diesem »abgestandenen Tümpel« kann sie Schlußfolgerungen ziehen, die alle Lebensumstände betreffen. Die Parallelen zum Dorfleben bilden die Grundlage von Miss Marples Spürsinn. Zu Anfang von *Mord im Pfarrhaus* bemerkt sie, daß Colonel Protheroe, das Mordopfer, an Joe Bucknell von dem Pub »Zum Blauen Eber« erinnert – beide sind die »Sorte Mann, die sich eine falsche Vorstellung in den Kopf setzt und darin verrennt« –, und das ist die erste einer ganzen Reihe von Parallelen im Roman. Dr. Stone erinnert sie an eine Betrügerin, die vorgab, sie »vertrete die Sozialfürsorge«, und später an den Mann, »der sich als Gasableser ausgab« und »eine ziemlich gute Ausbeute machte«. Bei Lettice, Protheroes Tochter, muß sie an »die Tochter vom armen Elwell« denken, »so ein hübsches, zartes Mädchen, das versuchte, ihren kleinen Bruder zu ersticken«; das fehlende Geld aus der Kirchenkollekte ruft Erinnerungen an das Geld für den Ausflug der Chorknaben wach, das der Organist nahm – und so weiter. Einige der Parallelen sind irrelevant oder irreführend, falsche Fährten, die bei der abschließenden Aufklärung nicht beachtet werden. Doch was zur Wahrheit über den Mord führt, ist ein richtiges Lesen von Analogien, neben der Wachsamkeit gegenüber den Kleinigkeiten des Lebens. Gegen Ende von *Mord im Pfarrhaus* erklärt Miss Marple dem Pfarrer, es sei ihr Hobby, die menschliche Natur zu studieren. Da zur Aufklärung eines Verbrechens ein besonderes Verständnis für die menschliche Natur nötig ist und Motiv und Persönlichkeit dabei die ausschlaggebenden Faktoren sind, ist jemand wie Miss Marple zwangsläufig eine erfolgreiche Detektivin:

»... es ist schon immer eine Liebhaberei von mir gewesen, mich mit der Natur des Menschen zu beschäftigen. Sie hat so viele Spielarten – und ist so faszinierend. ... Zuerst teilt man die Leute in Gruppen ein, genauso wie Vögel oder Blumen: Gattung, Familie, Art. Manchmal macht man dabei natürlich Fehler, aber die werden im Lauf der Zeit immer seltener. Und dann stellt man sich selbst auf die Probe ...« (*Mord im Pfarrhaus*, Kap. 26)

In *Die Tote in der Bibliothek* ist Miss Marple »zu Ruhm gekommen durch ihre Fähigkeit, triviale Ereignisse im Dorf mit schwerwiegenderen Dingen auf eine Weise zu verbinden, daß letztere erhellt werden«. Als Miss Marple eine ihrer ausgefalleneren Parallelen zieht – »Tommy Bond ... und Mrs. Martin, unsere neue Schulrektorin. Sie ging, um die Uhr aufzuziehen, und ein Frosch sprang heraus« –, fragt eine der anderen Romanfiguren: »Ist die alte Dame ein bißchen wirr im Kopf?« Doch es ist gefährlich, die von Miss Marple favorisierte Methode der Analogisierung so einfach abzutun, wie der Fragesteller – der sich schließlich als der Mörder erweist – zu seinem eigenen Nachteil feststellen muß.

Im Grunde sind Miss Marples Parallelen Gleichnisse und Metaphern, in denen Menschen mit anderen Menschen innerhalb einer relativ geringen Bandbreite von Typen verglichen werden. Alle Mitglieder der Gemeinde werden in Kategorien eingeordnet, wobei die ungewöhnlichen, skurrilen oder gesellschaftlich bedingten Aspekte der menschlichen Natur zugunsten der Vorhersagbarkeit des Charakters vernachlässigt werden können:

> »Ich muß sagen«, erklärte Sir Henry bedrückt, »die Art, wie Sie uns alle über einen Leisten schlagen, ist mir sehr peinlich.«
>
> Miss Marple schüttelte traurig den Kopf.
>
> »Die Menschen sind überall so ziemlich gleich, Sir Henry.«
>
> »... Ich möchte nicht persönlich werden, aber haben Sie vielleicht für meine Wenigkeit auch schon einen Doppelgänger in Ihrem Dorf entdeckt?«
>
> »Aber gewiß! Briggs.«
>
> »Wer ist Briggs?«
>
> »Er war der Obergärtner in Old Hall. Der beste, den sie je hatten.«
> (*Die Tote in der Bibliothek*, Kap. 8)

Damit wird den Leserinnen eines Marple-Romans zu verstehen gegeben, daß Unterschiede in bezug auf Wohlstand und soziale Schicht (allerdings vielleicht nicht in Alter und Geschlecht) wenig bedeuten, und daß Menschen von jedem, der genügend Erfahrung mit den begrenzten Spielarten der menschlichen Natur besitzt, wie Zeichen gelesen werden können. Auch wenn der Zufall, die Umwelt und das Unerwartete das Wesentliche gelegentlich verschleiern, wird durch die Kontrolle, die Miss Marple letzten Endes über den Handlungsablauf und die Beteiligten ausübt, eine grundlegende metaphorische Beziehung aufrechterhalten, in der Menschen sicher typisiert werden und chaotische oder unberechenbare Elemente sich nicht lange behaupten können. Darin unterscheidet sich Miss Marple von Hercule Poirot, dessen kleine graue Zellen aus einer Reihe von Ereignissen eine Struktur bilden. Das macht Miss Marple zwar auch, doch zudem verwendet sie etwas, das sie »besonderes Wissen« nennt – ein bereits bestehendes Muster, entwickelt aus bestimmten Typen im Dorf, in das sie neue Charaktere einordnet. Während Hercule Poirot als Detektiv rationalistisch vorgeht, ist Miss Marple strukturalistisch: Da sie vor ihrem geistigen Auge eine Struktur der Menschentypen sieht, die sie aus der Beobachtung ihrer dörflichen Gemeinschaft kennt, braucht sie lediglich darauf zu warten, daß ihr weitere Zeichen begegnen, die auf solche Typen hindeuten. In diesem deterministischen Menschenbild können Personen und Charaktere bestimmten Kategorien zugeordnet werden, und selbst wenn das nicht genügt, um das Verbrechen aufzuklären, ist es doch die unabdingbare Voraussetzung, um die dabei auftauchenden Indizienbeweise zu einem sinnvollen Ganzen zu fügen. Dies wird in Agatha Christies letztem Marple-Roman *Das Schicksal in Person*, dem bedrückendsten und moralischsten ihrer Romane, deutlich zu verstehen gegeben:

»Ich würde mich nicht als gute Menschenkennerin bezeichnen«, meinte Miss Marple. »Ich würde nur sagen, daß bestimmte Menschen mich an andere Menschen erinnern, die ich kannte, und daß ich deshalb davon ausgehen kann, daß auch ihre Handlungen eine gewisse Ähnlichkeit haben.« *(Das Schicksal in Person*, Kap. 11)

In diesem Roman erinnert die Mörderin weniger an ein leibhaftiges Vorbild aus St. Mary Mead, als vielmehr an Klytämnestra aus *Agamemnon*. Die Menschentypen lassen sich durch die Jahrhunderte zurückverfolgen und sind in der großen Literatur ebenso verewigt wie in Miss Marples Gedächtnis. In *Ruhe unsanft* schreit Gwenda während einer Aufführung von *Die Herzogin von Malfi* laut auf bei den Zeilen: »Bedeckt ihr Antlitz. Trüb werden meine Augen. Sie starb jung«, weil sie dadurch an den Tod ihrer Stiefmutter erinnert wird, die wie die Herzogin von einem »teuflischen und gemeinen« Mann ermordet wurde. Der wiederum erinnert an Mr. Barrett aus der Wimpole Street, eine Art Mann, dessen Zuneigung »besitzergreifend und ungesund« wird.

Aufgrund der Überzeugung, daß der Charakter unveränderlich und typisierbar ist, verachtet Miss Marple (und durch sie auch Agatha Christie) die moderne Auffassung, daß Umwelteinflüsse menschliche Vergehen entschuldigen könnten:

»Wenn Sie von mir erwarten, daß ich Mitgefühl habe oder Bedauern, eine traurige Kindheit geltend mache oder schlechten Einflüssen die Schuld gebe, wenn Sie von mir erwarten, daß ich Tränen vergieße über Ihren jungen Mörder, dann muß ich Sie enttäuschen. Ich mag keine bösen Menschen, die böse Dinge tun.« (*Das Schicksal in Person*, Kap. 12)

In *Das Schicksal in Person* dient Professor Wanstead als Vertrauter Miss Marples, ein Pathologe und Psychologe, der sich besonders für »die verschiedenen Arten der Gehirne von Kriminellen« interessiert. Seine Ansichten sind vielleicht noch extremer als die Miss Marples:

»Sie können sich gar nicht vorstellen, was ich in meinem Beruf von Leuten zu leiden habe, die jammern und heulen und alles auf irgendein Ereignis in ihrer Vergangenheit schieben ... Die Übeltäter sind zu bedauern, ja, sie sind zu bedauern, wenn ich das so sagen darf, wegen der Erbanlagen, mit denen sie geboren wurden und über die sie keine Kontrolle haben.« (*Nemesis [Das Schicksal in Person]*, Kap. 12)

Der Charakter ist genetisch bestimmt, und das bedeutet, daß einige Menschen eine Veranlagung zum Mörder haben, wenn die Umstände entsprechend und die Verlockungen stark genug sind; genauso gibt es Menschen, die vom Typ her nicht morden, auch wenn sie in anderer Hinsicht unehrenhaft sein mögen. Ein solcher Mensch ist Michael Raphiel in *Das Schicksal in Person:* Zwar wird er aufgrund von belastenden Aussagen wegen Mordes verurteilt, doch Professor Wanstead »typisiert« ihn, was unter anderem »eine ganze Reihe körperlicher Untersuchungen« einschließt, und erklärt ihn schließlich für unschuldig an dem Verbrechen. Selbst zunehmende Senilität oder »Absonderlichwerden« kann die grundlegende Persönlichkeit nicht überlagern:

»Manchmal gibt man einfach all seinen Besitz weg ... Sehen Sie, daß heißt, daß Sie zwar absonderlich sein mögen, aber im Grunde eine gute Veranlagung haben. Aber natürlich, wenn man absonderlich ist und eine schlechte Veranlagung hat – nun ja, dann passieren solche Dinge.« (*16 Uhr 50 ab Paddington*, Kap. 25)

Das alles gehört zur Botschaft von gesundem Menschenverstand und Sicherheit, die in klassischen Kriminalgeschichten vermittelt wird, in denen die Komplexität und die Launen der menschlichen Persönlichkeit und Existenz auf eine Anzahl vorherbestimmter Typen reduziert werden, auf eine Frage der Erbanlagen. Wenn dies willkürlich und allzu vereinfacht erscheint – Menschen, die uns direkt in die Augen blicken, sind oft Lügner, Frauen tragen stets Handtaschen (und wenn sie es nicht tun, führen sie etwas Böses im Schilde), Pfarrer sind immer weltfremd, Colonels sind barsch und Dienstmädchen näseln –, so liegt es doch genau im Wesen der klassischen Kriminalliteratur, Vorurteile zu nähren und dabei zu behaupten, Wahrheit und Gerechtigkeit auf der Spur zu sein.

Professor Wanstead steht im Gegensatz zu jenen Psychiatern in den Miss Marple-Romanen, die gewissermaßen der Denkrichtung Laings nahestehen und die offenbar häufig unfähig sind, verrückt von böse zu unterscheiden. In *Fata Morgana* entgeht es dem Psychiater, daß Edgar Lawson bloß vortäuscht, schizophren zu sein, und auf ähnliche Weise führt Dr. Penrose in *Ruhe unsanft* Hallidays durch Drogen herbeigeführte Überzeugung, er habe seine Frau getötet, auf eine »untergründige kindliche Fixierung« zurück. Anstatt das zu tun, was Miss Marple stets empfiehlt – zuerst die einfachste Erklärung in Betracht zu ziehen, nämlich, daß die Frau wirklich ermordet wurde –, schlägt der Psychiater den irrigen Freudschen Pfad ein, den sogar der Patient selbst zurückweist: »Ich kann mit dem hochgestochenen Blödsinn nichts anfangen. Ob ich meine Mutter geliebt habe? Ob ich meinen Vater gehaßt habe? Ich glaube kein Wort davon. Ich gehöre vor Gericht und nicht in die Klapsmühle.« (Kap. 10) Damit wird nicht nur die moderne Psychiatrie auf den Arm genommen, es ist auch ein Beispiel dafür, wie der klassische Kriminalroman sein Revier des logischen Spiels gegen den Einfluß Freudscher Theorien des Irrationalen und Unbewußten verteidigt. Als Gwenda in *Ruhe unsanft* befürchtet, verrückt zu werden, erklärt Miss Marple ihre unheimlichen Erlebnisse damit, daß sie durch eine tatsächliche Erinnerung hervorgerufen wurden, mithin wirklich stattfanden. Der eitle und dumme Colonel Easterbrook in *Ein Mord wird angekündigt* ist derjenige, der den psychologischen Ansatz billigt: »das ist das einzig Mögliche heutzutage ... man muß den Kriminellen verstehen.« Seiner Theorie nach leidet Rudi Scherz an einem Minderwertigkeitskomplex, den er zu überdecken versucht, indem er sich wie ein Filmgangster aufführt: »... klar wie Kloßbrühe«, sagt der Colonel. Als Theorie mag das auch stimmen, doch als Mittel zum Aufdecken der Wahrheit vernachlässigt es Beobachtung, Schlußfolgerungen und ein Wissen um die Grundtypen der menschlichen Natur und der menschlichen Motive.

Die Miss Marple-Romane reagieren mit konservativer Verärgerung auf die neuen psychologischen Theorien, weil diese dazu neigen, das Böse zu leugnen und den Kriminellen zu entschuldigen, und weil sie die logischen Grundlagen der Detektivgeschichten dieser Art bedrohen. Wenn die Menschen nicht mehr kategorisiert werden können, wenn Zeichen bedeutungslos sind und Umstände sich nicht zu einem Muster fügen lassen, besteht die Gefahr, daß der Verbrecher nicht nur unentdeckt und unbestraft bleibt, sondern auch unbekannt und unerkennbar ist. Dadurch wird die Möglichkeit verringert, Fremdes aus der Gesellschaft zu entfernen, und die

Gemeinschaft ist der Veränderung und dem Verfall von innen heraus preisgegeben.

Trotzdem ist Agatha Christies Haltung gegenüber der modernen psychiatrischen Theorie und Praxis nicht ganz eindeutig. So läßt sie eine ihrer Figuren sagen: »Ich habe die Nase voll von dem ganzen psychologischen Jargon, der heute auf alles mir nichts, dir nichts angewendet wird – aber wir kommen nicht darum herum«, und in ihren Romanen und ihrer Autobiographie kehrt sie häufig und mit Leidenschaft auf die Frage zurück, was die Ursache von Schlechtigkeit ist und wie mit ihr umgegangen werden soll. Das ist eine beunruhigende und ungelöste Frage, und Agatha Christies Interesse daran wird in späteren Romanen immer vielschichtiger. Zwar sagt sie in ihrer Autobiographie, sie habe »größeres Interesse für den Geschädigten als für den Kriminellen« (S.444), doch das kann wohl kaum der Wahrheit entsprechen; die Opfer in den letzten zwei Marple-Romanen, Helen in *Ruhe unsanft* und Verity in *Das Schicksal in Person*, sind im Gegensatz zu ihren VorgängerInnen unschuldige und liebenswerte Menschen, doch im Mittelpunkt der Romane stehen die Motive (nicht Habgier, sondern Liebe) derer, die sie ermordeten oder hätten ermorden können. Was Agatha Christie interessiert, ist die Kriminalität und wie wir damit umgehen können, wenn sie entdeckt wird. Einer ihrer Vorschläge in der Autobiographie lautet, jene, »die angefault sind von Grausamkeit und Haß ... in ein großes weiträumiges Land [zu verbannen], nur von primitiven Menschenwesen bevölkert, wo die Rechtsbrecher in einer einfacheren Umgebung leben können« (S.443). Ihr Denken scheint von einer Evolutionstheorie über die Entwicklung des menschlichen Charakters bestimmt – »Der schlechte Mensch von heute könnte der erfolgreiche Mensch der Vergangenheit gewesen sein« (ebd.) –, doch es ist eine eugenische Evolution: »Vielleicht gibt es auch einmal einen operativen Eingriff, um die Schlechtigkeit zu heilen ... der Tag mag kommen, da man imstande ist, die Träger unserer Erbanlagen umzugruppieren oder unsere Zellen zu verändern« (S.444). Diese Vision mag wenig verlockend erscheinen, paßt aber zu Miss Marples Auffassung, das menschliche Leben sei ein abgestandener Tümpel und der Detektiv eine Art Darwinscher Beobachter, der unter einem Mikroskop das wimmelnde Leben in einem Wassertropfen untersucht.

In ihrer Autobiographie verrät Agatha Christie allerdings auch ein Unbehagen über den Determinismus ihres eigenen Denksystems. Nachdem sie über das Böse und die Schlechtigkeit gesprochen hat, folgt ein seltsames Eingeständnis, daß eine Schriftstellerin, insbesondere eine von Kriminalgeschichten, wohl verrückt wirken muß: »Man schlendert die Straße entlang ... spricht zu sich selbst, hoffentlich nicht zu laut –, rollt ausdrucksvoll die Augen und merkt plötzlich, daß die Leute einen anstarren und ängstlich zur Seite weichen – sie halten einen offenbar für verrückt« (S.444f.). Das Gegenüberstellen von evolutionärer Vererbungslehre einerseits und Rationalismus und Spiel im Kriminalroman andererseits ist in der Tat beunruhigend und widersprüchlich: Wenn alles biologisch determiniert ist, was ist dann mit dem Detektiv, dem Vertreter der menschlichen Autonomie, des freien Willens und der logischen Autorität? Ist auch er/sie nichts anderes als ein Typus, eine genetisch determinierte Ziffer in einem semiotischen System?

Im Gegensatz zu späteren Kriminalschriftstellern verfolgt Agatha Christie diesen Widerspruch nicht bis zu seinem dekonstruktiven Ende, doch in ihren späten Marple-Geschichten kommen eine Klaustrophobie und ein Defätismus zum Ausdruck, die gar nichts mit der Fröhlichkeit und dem Selbstbewußtsein ihrer frühen Werke gemein haben. Während sich Agatha Christies Gefühl für die Existenz der Bösen im Lauf der Romane verstärkt, entwickelt sich Miss Marples Charakter weiter, oder vielleicht sollten wir eher sagen, daß die Art ihrer Macht sich verändert und erweitert. Vielleicht besteht die Lösung des Problems der menschlichen Schwäche darin, den Detektiv zu einem etwas mehr als normalen Menschen zu machen, ihn wenn nicht eben gottähnlich, dann doch mit einigen Zügen der Göttlichkeit auszustatten. »Es ist wie ein Wunder«, sagt Watson häufig über Sherlock Holmes mit seinem detektivischen Spürsinn, und es hat den Anschein, als konnte auch Agatha Christie letztlich nicht der Versuchung widerstehen, Miss Marple ähnlich außergewöhnliche detektivische Eigenschaften zu verleihen.

Ihre Apotheose findet ganz allmählich statt. In *Mord im Pfarrhaus* wird sie zwar als »die furchtbare Miss Marple« beschrieben, und der Pfarrer glaubt, daß ihr »nur wenige Dinge verborgen bleiben«, doch ihre ehrfurchtgebietende Gabe beschränkt sich auf psychologische Klugheit und ein Talent, Ereignisse sachlich zu beobachten; wie der Pfarrer sagt: »Miss Marples Allwissenheit findet immer eine völlig normale und einleuchtende Erklärung.« Die Bodenständigkeit ihres Spürsinns findet sich auch in den folgenden Romanen, bis in *Das Geheimnis der Amseln* ein neuer Ton angeschlagen wird; in diesem Roman ist Miss Marple nicht anwesend, wenn sich die Morde ereignen, sondern kommt eigens angereist, um zu ermitteln, und bemüht sich explizit, den »bösen Mörder« zu finden, weil »die bösen Menschen nicht unbestraft bleiben dürfen«. Wie Inspektor Neele klar wird, hat Miss Marple die Rolle der Rächerin übernommen: »Insgeheim dachte er, daß Miss Marple so gar nicht dem üblichen Bild der rächenden Furie entsprach. Trotzdem, genau dafür hielt er sie.« In *Das Geheimnis der Amseln* deutet sich an, daß der »sehr schlichte und, ich fürchte, sehr weibliche Weg«, den Miss Marple bislang eingeschlagen hatte, jetzt aufgegeben wird zugunsten einer aktiveren und rächenderen Rolle, bei der auch überirdische Kräfte zum Tragen kommen. Als sie in Yewtree Lodge eintrifft, werden zwar ihr rosiger Teint und ihre Vergeßlichkeit erwähnt, aber auch ihre aufrechte Haltung und ihr Ausdruck von Mißbilligung. Auf ihrem Hut steckt eine Vogelfeder. Sie erscheint wie eine Mischung aus einer strengen Gouvernante und einem übernatürlichen Wesen, das gerade zur Erde herabgestiegen ist, eine Göttin, die Gerechtigkeit sucht, oder eine geflügelte Furie. Was sie zum Einschreiten veranlaßte – so sagt sie auf der letzten Seite –, sind Mitleid und Wut über den Mord an einem schwachen Mädchen, das früher einmal bei ihr arbeitete, und ihre Reaktion am Ende ist Triumph, weil der Mörder vor den Richter gebracht wird.

Zeitgleich mit dieser umfassenderen Dimension von Miss Marples Rolle wird auch ihr Stricken stärker hervorgehoben. Was anfangs lediglich eine harmlose, altjüngferliche Beschäftigung ist, wird zu einem Motiv nicht nur für ihre klatschhafte, weibliche Art des Aufspürens, sondern auch für ihre Rolle als Schicksalsgöttin, eine Frau, die am Los der Menschen strickt. In *Karibische Affäre* kann Mr. Rafiel kaum glauben, daß Nemesis ihm in »flauschiger rosafarbener Wolle« erscheint, doch er akzeptiert den Namen, den sie sich gegeben hat, und in *Das Schicksal in Person* tritt er von jenseits des Grabes auf sie zu und fordert sie dazu auf, ein altes Unrecht zu vergelten.

»Ich sehe Sie vor mir, wie Sie in einem Sessel sitzen, einem bequemen Sessel ... und wahrscheinlich verbringen Sie den Großteil Ihrer Zeit mit Stricken. Ich sehe Sie vor mir wie damals in jener Nacht, als Ihre Not mich aus dem Schlaf aufschreckte, in einer Wolke aus rosafarbener Wolle ... Wenn Sie lieber weiterstricken wollen, dann ist das Ihr gutes Recht. Wenn Sie lieber der Gerechtigkeit dienen wollen, dann hoffe ich, daß die Sache zumindest interessant für Sie wird.« (*Das Schicksal in Person*, Kap. 2)

Mr. Rafiel entgeht hier, daß Stricken und das Eintreten für Gerechtigkeit nicht unvereinbar sind; tatsächlich ist das eine Insignie des anderen, und was als Sinnbild einer Frau als Detektivin begann – ein

Muster aus handgestrickten Beweisen zu herzustellen –, ist schließlich das Kennzeichen eines Wesens, das nicht direkt übernatürlich ist, das aber doch die Macht von Gesetz und Gerechtigkeit darstellt. Und das ist das Schicksal all jener, die sie übertreten, die einen Mord begehen, was in Miss Marples Worten eine Sünde gegen Gott ist. »'[Der Mörder] wurde gehängt', entgegnete Miss Marple knapp. 'Und das geschah ihm recht. Ich habe es niemals bereut, daß ich dazu beigetragen habe, diesen Mann vor den Richter zu bringen. Ich habe nichts übrig für diese modernen humanitären Skrupel wegen der Todesstrafe'« *(The Thirteen Problems:* »A Christmas Tragedy« *[Der Dienstagabend-Club:* »Eine Weihnachtstragödie«]).

Moderne humanitäre Skrupel werden in *Mord im Pfarrhaus* von Dr. Haydock vertreten, dessen Überzeugung, daß »der Tag kommen wird, an dem wir schaudernd zurückdenken, daß wir Kriminelle gehängt haben«, auf die Unsicherheit zurückgeht, ob es Gut und Böse überhaupt gibt:

»Angenommen, das wäre alles eine Frage der Drüsensekretion. Die eine Drüse arbeitet zu viel, die andere zu wenig – und so entsteht der Mörder, der Dieb, der Gewohnheitsverbrecher ... Ich glaube wirklich, daß das Verbrechen ein Fall für den Arzt ist, nicht für den Polizisten und auch nicht für den Pfarrer.« *(Mord im Pfarrhaus*, Kap. 14)

Auch wenn der Gegenstandpunkt – »Heutzutage gibt es immer einen guten Grund für jede schmutzige Tat, die begangen wird ... dieser sentimentale Quatsch ärgert mich« – vom unsensiblen und dogmatischen Colonel Melchett vertreten wird, ist doch deutlich, daß humanitäre Skrupel leicht zu erschüttern sind, wenn sie auf die Probe gestellt werden:

Da durften wir nun unmittelbar miterleben, was Miss Marple mit dem Unterschied zwischen Theorie und Praxis gemeint hatte.

Haydock hatte seine Meinung um 180 Grad verändert, und ich glaube, er hätte den Kopf [des Mörders] am liebsten auf einem Silbertablett gesehen ...

»Wenn die Sache stimmt«, erklärte er, »können Sie sich auf mich verlassen. Der Kerl verdient es nicht zu leben!«
(Mord im Pfarrhaus, Kap. 31)

Die bereitwillige Gehilfin von Lawrence Redding beim Mord an Colonel Protheroe und dem versuchten Mord an Hawes, dem Vikar, ist Anne Protheroe, die Frau, die der Mörder nach vollübtem Verbrechen heiraten will. In Agatha Christies Romanen werden die Morde oft von Frauen begangen – in der Hälfte der Marple-Romane sind die Mörder Frauen, entweder allein, wie in *Ein Mord wird angekündigt, Mord im Spiegel, Bertrams Hotel* und *Das Schicksal in Person*, oder in mörderischer Zusammenarbeit mit anderen, wie in

Mord im Pfarrhaus und *Die Tote in der Bibliothek*. Statistisch gesehen ist dies nicht repräsentativ, denn Frauen begehen weitaus seltener Morde als Männer. Cora Kaplan sieht diese Vorliebe für weibliche Verbrecher als einen Aspekt von Agatha Christies Antifeminismus; wie die anderen Krimi-Königinnen bereitet es ihr Vergnügen, rachsüchtig die ehrgeizige und sexuell manipulierende Frau als große Bedrohung der festgefügten Gesellschaft darzustellen, welche die konservative Ideologie der Romane zu bewahren sucht. Kriminalautorinnen, so Cora Kaplan, sind im allgemeinen »schlimmstenfalls explizit antifeministisch und bestenfalls höchst ambivalent gegenüber der Sprengung traditioneller Geschlechterbeziehungen« (*An Unsuitable Genre for a Feminist*, 1986, S.18). Sicher, in den Romanen Agatha Christies wird die Ehe als Institution nie in Frage gestellt, und mehrere Miss Marple-Geschichten enden – zeitgleich mit (und in manchen Fällen als Ergebnis) der Aufdeckung des Mörders – mit einer schicklichen Eheschließung: in *16 Uhr 50 ab Paddington* willigt Lucy Eyelesbarrow ein, Bryan zu heiraten, in *Die Tote in der Bibliothek* heiratet Adelaide Hugo, und in *Mord im Pfarrhaus* erwarten der seit kurzem verheiratete Pfarrer und seine Frau ein Kind. In all diesen Fällen wurde der Mord von Menschen begangen, die die eheliche Verbindung mißbrauchten, um zu Reichtum oder sozialem Status zu gelangen, und diese anrüchigen Partnerschaften dienen in den Romanen als Folie für die tugendhaften Ehen. Ein gutes Beispiel ist die Mörderin in *Die Tote in der Bibliothek*, die selbst heiratete, um durch mögliche Erbansprüche zu Wohlstand zu gelangen. Sie ermordet eine Person, von der sie befürchtet, sie könne die Zuneigung des künftigen Wohltäters gewinnen. Als der geheimnisvolle Mord schließlich geklärt ist, hinterläßt der geläuterte Wohltäter das Geld dem rechtmäßigen Erben, seinem Enkel. Es ist, als hätte die falsche und mörderische Ehe der Gesellschaft, die durch sie manipuliert werden sollte, einen notwendigen Schock versetzt und auf diese Weise die Menschen an ihre Pflichten gegenüber ihrer Familie und ihrer Gesellschaftsschicht erinnert. In gewisser Hinsicht ist die Gesellschaft besser, stärker und ihrer traditionellen Werte sicherer als vor dem Mord.

Bei Frauen, die im Alleingang handeln, geht es aber nicht mehr nur um eine zielstrebige Frau, die ihre sexuelle Anziehungskraft dafür einsetzt, um mit einem Mann eine kriminelle Partnerschaft einzugehen und Wohlstand und Ansehen zu gewinnen. In *Ein Mord wird angekündigt* macht Habgier eine Frau zur Mörderin, doch diese Habgier kann nur im Zusammenhang mit den jahrelang erlittenen

Entbehrungen und mit der Ungerechtigkeit des Lebens, die ihr Jugend und Glück raubte, verstanden werden. In *Mord im Spiegel* geht es um die Rache einer Schauspielerin an einer Frau, die sie früher aus Nachlässigkeit mit Röteln ansteckte und dadurch an dem ungeborenen Kind der Schauspielerin einen bleibenden Gehirnschaden verursachte. In *Bertrams Hotel* mordet eine unmoralische junge Frau, weil sie von einem Mann sexuell besessen ist und ihn nur mit Geld an sich binden kann. In *Das Schicksal in Person* gehen die Morde auf die übertrieben besitzergreifende Liebe einer Frau zu ihrer Adoptivtochter zurück und auf Eifersucht auf den Liebhaber der Tochter. Diese Detektivgeschichten sind eher psychologische Mordstudien, während die Partnerschaftsromane, etwa *Mord im Pfarrhaus* und *Die Tote in der Bibliothek*, Kriminalerzählungen über gesellschaftlichen Aufstieg und Eigentumsverhältnisse sind, in denen der Psychologie der Mörder wenig Beachtung geschenkt wird. Die Vorstellung mag verlockend erscheinen, daß die Charakterzeichnung einer eigenständig handelnden Mörderin Agatha Christie zu größerer psychologischer Komplexität veranlaßte und sogar ihr Mitgefühl bei der Beschreibung solcher Gestalten wachrief. In diesen Detektivgeschichten werden Motive und Charaktere der Mörderinnen und die Verlockungen, denen sie – oftmals allein und auf sich gestellt – ausgesetzt sind, beschrieben. Das gleiche Thema behandelte Agatha Christie auch in ihren Mary Westmacott-Romanen. *Das unvollendete Porträt* (engl. 1934) erzählt von einer Frau, die verzweifelt ist, weil sie von dem verantwortungslosen Mann, den sie liebt, verlassen wurde; in *Ein Frühling ohne dich* (engl. 1944) geht es um die Identitätssuche einer Frau in mittleren Jahren, die in der Wüste gestrandet ist und nun über ihr besitzergreifendes und selbstherrliches Verhalten gegenüber ihrer Familie nachdenkt; Thema von *Sie ist meine Tochter* (engl. 1952) ist eine schwierige Mutter-Tochter-Beziehung. Die autobiographischen Aspekte in diesen Westmacott-Romanen finden ihre Negativprojektion in den Gestalten der Mörderinnen in Agatha Christies Detektivromanen, zum Beispiel in den Frauen in *Bertrams Hotel, Ein Mord wird angekündigt* und *Das Schicksal in Person*.

Inmitten all dieser Frauenkriminalität stellt Miss Marple das Gegenstück des weiblichen Gewissens und weiblicher Vernunft dar. Dazu ist sie in der Lage, weil sie als ältere Jungfer »außerhalb der sexuellen, familiären und wirtschaftlichen Verstrickungen steht, die das Leben der meisten Mitglieder einer Gemeinschaft bestimmen« (Cora Kaplan, *An Unsuitable Genre for a Feminist*, 1986, S.18). Cora

Kaplan weist darauf hin, daß dieser Abstand zur Leidenschaft nur dazu dient, »die zerstörerische Macht der weiblichen Sexualität in der Bevölkerung insgesamt« zu betonen. Allerdings trifft die Abkehr von den Leidenschaften auf die meisten Detektive, ob männlich oder weiblich, zu, wie Sherlock Holmes, Hercule Poirot und überwiegend sogar Marlowe beweisen. Daraus läßt sich eher schließen, daß das zur Ermittlung erforderliche logische Vorgehen durch jedes Gefühl außer Jagdfieber und Gerechtigkeitsstreben entschärft und verzerrt wird. Zumindest in klassischen Detektivgeschichten ist der/die verliebte DetektivIn nicht so erfolgreich, wie er/sie sein könnte, wie sich etwa bei Dorothy L. Sayers' Harriet Vane und Peter Wimsey zeigt. Interessant ist dabei, daß sich Agatha Christie nur bei einer älteren Frau Distanz und Vernunft vorstellen konnte; junge Frauen, so vernünftig sie auch sein mögen, erliegen letztlich ihren Gefühlen, wie etwa Lucy Eyelesbarrow in *16 Uhr 50 ab Paddington*, oder sie sind zu stark in ihre Familie eingebunden, wie Bunch Harmon in *Ein Mord wird angekündigt* oder die verletzliche und willensstarke Gwenda in *Ruhe unsanft*. Gwenda ist diejenige junge Frau in den Miss Marple-Büchern, die sich am meisten detektivisch betätigt und damit an die Detektivin in Agatha Christies Geschichten mit Tommy und Tuppence erinnert. Aber sowohl Gwenda als auch Tuppence haben männliche Partner, die sie beschützen und ihnen Halt geben. Wenn es schon eine alleinstehende Detektivin gibt, dann muß sie eine alte Dame sein.

Weil sie eine alte Dame ist, spielt sich Miss Marples detektivische Arbeit vorwiegend im Sitzen ab; nur sehr selten unternimmt sie Reisen oder wird körperlich aktiv. Es ist ein Lehnstuhl-Spürsinn in mehrerer Hinsicht: Miss Marple führt die Ermittlungen von ihrem Lehnstuhl aus durch, und wir lesen davon, während wir selbst im Lehnstuhl sitzen. Dadurch können wir Parallelen ziehen zwischen ihren Ermittlungen und unserer Lebensweise mit der vertrauten Umgebung von Wohnzimmer, Garten, den kleinen Geschäften, Besuchern zum Tee und all den üblichen häuslichen Utensilien des Alltags (der Mittelschichten). Miss Marple hilft uns nicht nur, den Mörder im Roman zu entdecken, sondern auch unsere eigene Welt im Roman zu entschlüsseln – oder zumindest eine Welt, die ihr relativ ähnlich ist. Die Miss Marple-Romane sind Volksmärchen über das Provinzleben im 20. Jahrhundert, und Miss Marple selbst ist in diesen Erzählungen das leitende Genie, die gute Fee und die Führerin. Die typische Handlung ihrer Romane ist deshalb eine Abenteuergeschichte für die britische Leserin mittleren oder höheren Alters, die der Mittelschicht angehört, einen Haushalt leitet und mehr oder minder an das Haus gebunden ist. *Die Tote in der Bibliothek* ist ein klassisches Beispiel für eine solche Abenteuergeschichte.

Sie beginnt mit einem Traum – Mrs. Bantrys Traum von einer Blumenausstellung –, und das gibt der Geschichte ein gewisses phantastisches Element; wir betreten eine verlockende Scheinwelt. Das erinnert an den »Es war einmal«-Anfang von *Mord im Pfarrhaus*, den der Pfarrer erzählt. Dennoch lassen sowohl der Inhalt des Traums (ein erster Preis für ihre Wicken) als auch Mrs. Bantrys Nachdenken über ihre allmorgendliche Routine auf eine sichere, geordnete und wohlhabende Welt schließen, die nicht zu weit entfernt ist von dem, was die Leserin gern für die Wirklichkeit halten möchte. In diese Welt bricht dann eine Herausforderung ein (wie es meistens der Fall ist, basiert diese auf Klassenkonflikten und sexueller Bedrohung) in Gestalt der Leiche einer erwürgten, blonden jungen Frau aus der Arbeiterklasse, die in der Bibliothek aufgefunden wird. Daraufhin sammeln sich rasch die Kräfte des Widerstands – die falschen (die Polizei) und die richtigen (Miss Marple). Und an diesem Punkt setzt der detektivische Vorgang ein; mehrere Hinweise werden gestreut, scheinbar zufällige Informationen, die in Wirklichkeit wesentlich für die Aufklärung sind, aber nur Miss Marple nimmt sie wahr. Als sie die Leiche sieht, sagt sie: »Ein wenig erinnerte sie mich an Mrs. Chettys Jüngste – Edie, weißt du –, aber ich glaube nur, weil dieses arme Mädchen auch Nägel kaute und weil ihre Vorderzähne ein wenig vorstehen. ... Edie liebte auch diese sogenannte billige Eleganz« *(Die Tote in der Bibliothek*, Kap. 1). Dann tritt die Handlung in eine neue Phase ein, während der drei weitere Gruppen von Menschen eingeführt werden: die Tänzer und Tänzerinnen im Majestic Hotel (Josie und Raymond), der Filmregisseur Basil Blake und seine Frau sowie die Familie Jefferson. Zwei dieser Gruppen sind Eindringlinge in die wohlhabende Welt, die durch die Bantrys verkörpert wird – Basil Blake als Bohemien, die Tänzer als sozial aufsteigende Möchtegern-Nutznießer der wohlhabenden Schichten. Die Familie Jefferson besteht aus einem betuchten Mitglied und zwei Anhängseln, die ebenso wie die Tänzer als potentielle Mörder aus Gewinnsucht dargestellt werden können. Daneben gibt es einige Randfiguren, etwa das zweite Mordopfer Pamela Reeves und deren Familie. Das Feststellen der Motive und Handlungen nimmt nun den großen Mittelteil des Romans ein, in dem sowohl Miss Marple als auch die Polizei soviel Informationen wie möglich zusammentragen. Doch zum Schluß bringen die ersten

Hinweise, die Miss Marple erwähnte und die aufmerksamen LeserInnen hätten auffallen müssen – die abgebissenen Fingernägel und die vorstehenden Zähne –, die detektivische Handlung wieder zum Ausgangspunkt zurück und decken eine kriminelle Verschwörung auf, mit der die rechtmäßigen Erben um ihr Geld gebracht werden sollten. Die Entwicklung dieser Geschichte läßt sich in konzentrischen Kreisen darstellen, wobei der innerste die psychologische Ebene darstellt, um die sich die Kreise der Aufdeckung drehen – vorwiegend Miss Marples, aber auch die der Polizei und aller anderen Figuren, die das Geheimnis lüften wollen –, und sie alle führen nach innen, zum psychologischen Kern der Handlung. Gleichzeitig gibt es einen entgegengerichteten Kreis der Mordhandlung, dem im Verlauf der detektivischen Handlung sozusagen rückwärts nachgegangen wird. Die Verbindungen zwischen den einzelnen Kreisen sind soziale Schicht, Geld und Sexualität. Was dabei geschieht, läßt sich in einem Diagramm (vgl. Abbildung) darstellen.

Genau wegen dieses geschlossenen Kreises – dem Gefühl von Erfüllung und Vollendung – sind klassische Detektivromane als Genre so beruhigend zu lesen. Bereits durch die Form vermitteln sie die Botschaft, daß zum Ende alles gut sein wird; das Rätsel um Informationsbruchstücke wird geklärt, die Einzelteile des verbalen Puzzles passen zusammen, das Leseabenteuer wird mutig in Angriff genommen und im Triumph abgeschlossen. Und natürlich ist es besonders reizvoll, daß als Führerin durch dieses Labyrinth verbaler Zeichen eine altjüngferliche Dame dient, deren Sprachgewalt nicht immer ganz sicher und strukturiert zu sein scheint (es tatsächlich aber ist). Wer könnte der freundlichen, indirekten Autorität einer solchen Gestalt schon böse sein? Hier sitzt sie, bei der Auflösung zu *Die Tote in der Bibliothek*, und fügt die Puzzlestücke zum Besten der anderen Romanfiguren und der LeserInnen zusammen. Es ist eine Auflösung, bei der im Grunde lose Fäden verknüpft werden, und was die Fäden verknotet, ist natürlich die Heirat. Dadurch wird sehr geschickt auf die Erbschaftsfrage verwiesen, die für den Roman (und allgemein für klassische Kriminalgeschichten) so zentral ist, aber es dient auch als Metapher zum Verbinden einer Zeichengruppe mit einer anderen – abgebissene Nägel mit kurzgeschnittenen, vorstehende Zähne mit eingebogenen –, um *Sicherheit* zu erzeugen, wie der folgende Abschnitt zeigt:

»Nun hatte ich zwei Hälften; jede einzelne war überzeugend, aber sie paßten nicht zusammen. Es mußte ein Verbindungsglied geben, aber ich konnte es nicht finden ...

Kreisförmiges Ermittlungsmuster in *Die Tote in der Bibliothek*

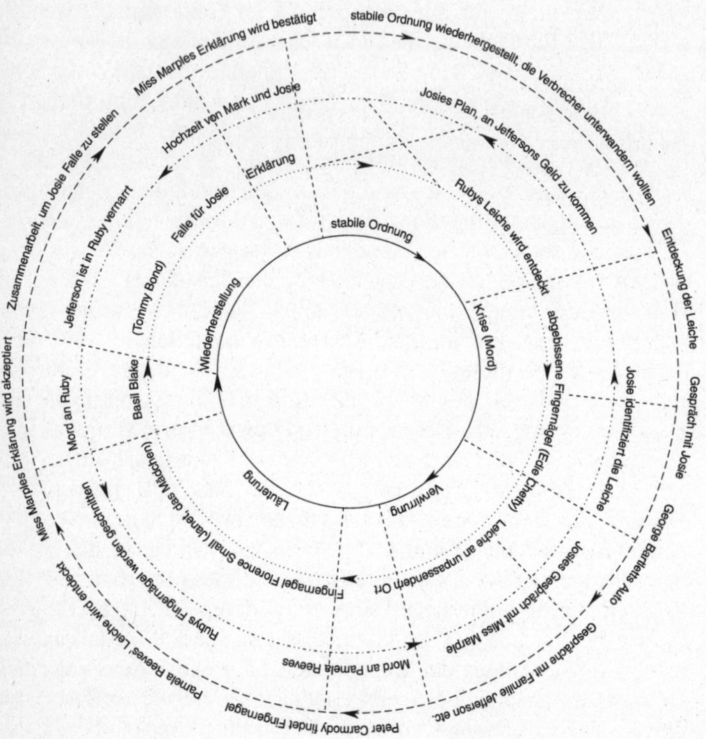

Zeichenerklärung

psychologische Erzählung

detektivische Erzählung (Miss Marple)

Verbrechens-Erzählung (umgekehrte Richtung)

sekundäre detektivische Erzählung (Polizei etc.)

ohne Dinah Lee wäre ich nicht darauf gekommen – auf das Nächstliegende in der Welt. Das Rathaus! Eine Heirat! ... Wenn einer von den beiden verheiratet war ...

Aber im stillen wußte ich natürlich, wer es war. Man konnte ja nicht darum herumkommen – nicht wahr – um diese abgebissenen Nägel? ... Abgebissene Nägel und kurzgeschnittene Nägel sind völlig verschieden! Niemand, der auch nur das mindeste von Mädchennägeln versteht, kann sich da irren. ...

... die Leute reden doch immer zuviel. Diesmal war es Mark Gaskell. Als er von Ruby Keene sprach, sagte er: 'Winzige, eingebogene Mäusezähnchen.' Das tote Mädchen in Colonel Bantrys Bibliothek jedoch hatte *vorstehende* Zähne.« ...

»Es ist doch so schön, wenn man seiner Sache sicher sein kann – nicht wahr?«

»Jawohl, jetzt sind wir sicher«, murmelte Jefferson bitter.
(Die Tote in der Bibliothek, Kap. 18)

Miss Marples Nachleben

Heutzutage ist Miss Marple allgemein bekannt. Auch denjenigen, die noch nie einen Kriminalroman von Agatha Christie gelesen haben, ist diese Figur ein Begriff, vielleicht sogar eher als Hercule Poirot, Lord Peter Wimsey oder Chandlers Philip Marlowe. Tatsächlich gibt es in der Welt der Kriminalliteratur nur eine Gestalt, die noch berühmter ist: Sherlock Holmes, der stärker als Miss Marple in die Alltagssprache einging, und zwar nicht nur als Name für eine literarische Figur, sondern auch für eine bestimmte Art des Handelns, Denkens und Verhaltens. Sicherlich ist Miss Marple, wie Michael Cavie am 27. Dezember 1987 in der Londoner Zeitung *Observer* feststellt, der bekannteste weibliche Detektiv – nicht zuletzt wegen ihres Weiterlebens auf Bühne und Bildschirm: am Weihnachtsfeiertag vor dem Erscheinen des Artikels hatte die halbe britische Nation im Fernsehen *16 Uhr 50 ab Paddington* gesehen. Am Weihnachtstag 1989 sah ein ebenso großes Publikum in BBC 1 *Karibische Affäre*, einen Film, in dem Chris Petit Regie führte und Miss Marple von der 84jährigen Joan Hickson dargestellt wird. Diese Schauspielerin kommt nach Meinung der Familie Christie der Vorstellung der Autorin von ihrer Heldin am nächsten und gilt nun offenbar allgemein als die definitive Miss Marple. *Karibische Affäre* ist der letzte Film in einer Reihe, die Agatha Christies altjüngferliche Detektivin berühmt und bei Millionen von Menschen beliebt gemacht hat.

Vor Joan Hickson verlief Miss Marples Karriere auf der Bühne und in Film und Fernsehen eher wechselvoll, und offenbar mußte erst die BBC mit ihrem Geschick bei der Besetzung und bei der Darstellung der Zeitatmosphäre kommen, bevor Miss Marple auf zufriedenstellende Weise vom geschriebenen Wort ins Bild übertragen werden konnte. Was die Bühne angeht, so war ihr erfolgreichster Auftritt wohl in einer Dramatisierung von *The Murder at the Vicarage*, die Agatha Christie selbst besorgt hatte. Es handelte sich um eine Produktion von Moie Charles und Barbara Toy, die im Dezember 1949 im Londoner Playhouse Theatre Premiere hatte und vier Monate lang lief. Barbara Mullen trat in der Rolle der Miss Marple auf, und die Regie bei diesem Stück hatte Reginald Tate, der auch Laurence Redding spielte. Laut Charles Osborne (C. Osborne, *The*

Life and Crimes of Agatha Christie, 1982, S.55) war das Stück an einen zeitgenössischen Nachkriegsschauplatz versetzt worden, was seiner konservativen Flucht vor der Wirklichkeit sicherlich einen modernen Anstrich verlieh. Das Stück wurde von Laienensembles und Repertoiretheatern regelmäßig gespielt und in London 1975 auf der Bühne des Savoy Theatre wiedererweckt, erneut mit Barbara Mullen in der Rolle der Miss Marple. Dieses Mal lief das Stück zwei Jahre lang, ein eindeutiger Erfolg, wenn auch ein kleiner im Vergleich zu *Die Mausefalle*. Auch *Ein Mord wird angekündigt* fand 1975 den Weg auf die Bühne, war aber weniger erfolgreich, denn seine komplizierte Handlung enthält viele Charaktere, die einander auf der Bühne verwirrend ähneln. Der etwas unglaubhafte Schluß, bei dem Miss Marple die Stimme einer toten Frau aus einem Schrank nachahmt, wirkte laut Osborne lediglich komisch, und auch in der Verkörperung der Miss Marple sah er eine unglückliche Mischung aus Hilda Doolittle und einer aufdringlichen Großmutter und nicht die aufmerksame, kluge, damenhafte Detektivin aus den Romanen.

Die offenbar häufiger auftretenden Probleme bei der Darstellung Miss Marples auf der Bühne und im Fernsehfilm hängen vielleicht mit der Schwierigkeit zusammen, das Alter in der Komödie darzustellen. Bis zu einem gewissen Grad hat Agatha Christie durch ihre Beschreibung einer zittrigen alten Dame, deren Unschlüssigkeit und ständiges Abweichen vom Thema einen kühlen, scharfen Verstand maskieren sollen, selbst zum Klischee der lächerlichen alten Närrin beigetragen. Margaret Rutherford, die erste Verkörperung von Miss Marple auf der Kinoleinwand und ihre Darstellerin in den vier MGM-Filmen der frühen Sechziger Jahre, betonte die lächerlichen Elemente dieser Figur, erfaßte aber zweifellos auch die Ruhe und Geistesschärfe, die in den Romanen angelegt ist. Rutherford war sehr viel herrischer und rechthaberischer als die Miss Marple der Romane, was in *16 Uhr 50 ab Paddington* (engl. *Murder, She Said*, 1961), dem ersten der MGM-Filme, besonders deutlich wird. Unter der Regie von George Pollock spielte Margaret Rutherford die Miss Marple als energische, exzentrische und etwas verwirrte alte Jungfer von sechzig Jahren mit der Ausstrahlung eines Generals, die, anders als ihr gebrechliches Gegenstück im Roman, keine Lucy Eyelesbarrow benötigt, die ihr die Spurensuche abnimmt. Sie läßt sich als Haushälterin im Hause Crackenthorpe anstellen, wo sie das Geschehen in einer Weise beherrscht, wie das bei Miss Marple im Roman keineswegs der Fall ist. Die *Times* kommentierte, es sei ein anspruchsloser Film geworden, der aber »den ungeheuren Vorteil hat, daß die Handlung von einem Experten geschrieben ist. Vielleicht nicht gerade eine klassische Agatha Christie, aber doch so genial wie immer, mit einer Fülle echter und falscher Fährten«. Tatsächlich hatte Agatha Christie das Drehbuch gar nicht selbst geschrieben und fand es »ziemlich schlecht«: »*Ich* hätte es viel aufregender machen können« (J. Morgan, *Agatha Christie*, 1984, S.328). Dennoch widmete sie ihren nächsten Roman *Mord im Spiegel* Margaret Rutherford, weil sie in *16 Uhr 50 ab Paddington* zumindest eine vergnügliche Vorstellung geboten hatte, wenn sie auch »Miss Marple nicht sehr ähnlich« war (ebd., S.335). Aber den nächsten Marple-Film der MGM, *Der Wachsblumenstrauß (Murder at the Gallop)*, fand Agatha Christie »unglaublich dumm«; er basiert auf dem im Deutschen gleichnamigen Poirot-Roman (engl. *After the Funeral)*. Miss Marple, die die Stelle von Poirot einnimmt, quartiert sich in einer Reitschule ein, um den Tod eines älteren Eigenbrötlers zu untersuchen. Der Stil dieser Komödie paßt zwar zu der derben und übertriebenen Art der Schauspielerei von Margaret Rutherford, ist aber in keiner Weise eine getreue Wiedergabe der Romanfigur. Die *Times* fand, daß »das Ganze bestens dazu geeignet ist, Ausländer wieder einmal davon zu überzeugen, daß alles, was sie über die Engländer gehört haben, absolut richtig und nur etwas untertrieben ist«.

Das gleiche Rezept von Pollock-Rutherford, Marple statt Poirot, wurde in einem dritten Film wiederholt, *Vier Frauen und ein Mord*, der sich vage an dem im Deutschen gleichnamigen Roman (engl. *Mrs. McGinty's Dead)* orientiert. Über den englischen Filmtitel *Murder Most Foul* [Ein äußerst scheußlicher Mord] sagte Agatha Christie: »Können Sie sich einen banaleren Titel vorstellen?« Aber für den nächsten Marple-Film, *Mörder Ahoi! (Murder Ahoy!*, 1964), schrieben David Pursall und Jack Seddon ein Originaldrehbuch, in dem Miss Marple sich an einem äußerst unwahrscheinlichen Schauplatz wiederfindet – auf einem Ausbildungsschiff der Royal Navy. Agatha Christie war entsetzt: »Daß eigene Romanfiguren in den Film eines anderen eingebaut werden, erscheint mir ungeheuerlich und in höchstem Maße unmoralisch« (ebd., S.335). Der Kritiker der *Times* bemerkte, daß »Marple-Fans Einwände haben dürften, aber Rutherford-Fans nicht«. Die Entwicklung zur Posse und die Überschattung einer Romanfigur durch die Persönlichkeit der Schauspielerin endete 1964, als der Vertrag mit der MGM aufgelöst wurde, weil Agatha Christie schließlich empört war über den Vorschlag,

Poirot in »eine Art Gorilla oder Privatdetektiv« zu verwandeln, »sehr gewalttätig und brutal« (ebd., S.337). In einem vielzitierten Interview mit Francis Wyndham 1966 brachte sie ihr unverblümtes Mißfallen über die Behandlung ihrer Romane durch die MGM zum Ausdruck:

Ich habe mich jahrelang von Filmen ferngehalten, weil ich dachte, daß sie mir zuviel Kummer machen würden. Dann verkaufte ich die Rechte an die MGM in der Hoffnung, sie würden sie fürs Fernsehen nutzen. Aber sie entschieden sich für Kinofilme. Es war einfach schrecklich! Sie nahmen zum Beispiel einen Poirot-Roman und bauten Miss Marple ein! Und die Höhepunkte waren so schwach, man konnte sie schon meilenweit kommen sehen! Der Gedanke daran, daß die Filme keinen Erfolg haben, bereitet mir sündhafte Genugtuung. Für den letzten, *Mörder Ahoi!*, haben sie ihr eigenes Drehbuch geschrieben, mit dem ich überhaupt nichts zu tun habe. Einer der dümmsten Streifen, die jemals gedreht wurden! Ich darf mit größtem Vergnügen sagen, daß er sehr schlechte Kritiken bekam. (Zit. in C. Osborne 1982, S.203)

Es gab noch zwei weitere Versuche mit Miss Marple-Spielfilmen, ehe die Romane zu einer BBC-Fernsehserie verarbeitet wurden. Das Team, das *Tod auf dem Nil* und *Mord im Orientexpress* produziert hatte, versuchte einen entsprechenden Kassenschlager auch mit *Mord im Spiegel* (1980) unter der Regie von Guy Hamilton. Der Erfolg der früheren Filme lag teilweise an der packenden Handlung, aber mehr noch am Einsatz bekannter Stars wie Peter Ustinov, Bette Davis, Jacqueline Bisset und Lauren Bacall, oft in Nebenrollen, und den luxuriösen und nostalgischen Schauplätzen eines Vorkriegs-Nildampfers und einer internationalen Eisenbahn. Das gleiche wurde in *Mord im Spiegel* versucht; die wohlhabende, neurotische Schauspielerin in ihrer fünften Ehe wird treffenderweise von Elizabeth Taylor gespielt, Rock Hudson ist ihr gegenwärtiger Ehemann. Geraldine Chaplin, Kim Novak und Tony Curtis haben kleinere Rollen, und Edward Fox ist der Polizeiinspektor. Angela Lansbury spielt Miss Marple, vielleicht etwas jung und rundlich (in den Romanen wird Miss Marple als groß und dünn beschrieben), aber nicht unannehmbar, außer daß sie von dem schlechten Drehbuch und dem recht langsamen und beschaulichen Fortschreiten der Handlung behindert wird.

Der letzte Marple-Film, *Karibische Affäre*, wurde fürs Fernsehen gedreht, mit Helen Hayes als einer noch niedlicheren Miss Marple. Sogar ein gewisses romantisches Interesse wird angedeutet, sowohl bei dem Mordopfer Major Palgrave, der hier kein Glasauge mehr hat, als auch bei Mr. Rafiel, der nicht der todkranke Mann aus dem Roman ist, sondern sich in einen springlebendigen, blumenstrauß-schwingenden Verehrer verwandelt hat. Am wenigsten Christieähnlich ist die Stelle, als Miss Marple für ein Maskenfest ein Piratenkostüm anlegt.

Im Vergleich zu diesen verschiedenen grotesken und possenhaften Verarbeitungen hält sich die Fernsehserie der BBC erfrischend nahe an die Romanvorlagen und gibt auch auf geschmackvolle Weise eine plastische Schilderung vom Leben der gutbürgerlichen Mittelschicht in einem kleinen Dorf, dem üblichen Schauplatz der Romane. Neben den Fernsehbearbeitungen von drei Lord Peter Wimsey-Romanen Dorothy L. Sayers', den Albert Campion-Romanen Marjorie Allinghams und einigen von Agatha Christies Poirot-Geschichten paßt auch die Marple-Fernsehserie in die gegenwärtige nostalgische Sehnsucht nach der Zeit zwischen den Weltkriegen und der Nachkriegszeit, und sie bestätigt außerdem die anhaltende Beliebtheit des klassischen Detektivromans.

Die Atmosphäre der Marple-Serie in der BBC zeigt sich schon in der wehmütig-fröhlichen Kennmelodie und den gezeichneten Illustrationen, die den Vorspann begleiten. Joan Hicksons Miss Marple ist eine ernste, in Tweed gekleidete Dame mit leiser Stimme, die gelegentlich auf vornehme Art etwas verwirrt und unlogisch wirkt, aber die ZuschauerInnen dennoch von ihrer Intelligenz und moralischen Stärke überzeugen kann. Joan Hicksons besonderer Beitrag zur Anlage der Figur ist ihr kluger, forschender Blick, bei dem sie den Kopf zur Seite neigt, was vielleicht einen eindringlicheren und beunruhigenderen Eindruck macht als Miss Marples Blick, wie er in den Romanen beschrieben wird. Bisher gibt es zehn filmische Umsetzungen, und alle halten sich eng an Agatha Christies Dialoge, die allgemein als eine ihrer größten Stärken gelten. Bei den Änderungen im Handlungsablauf wurde darauf geachtet, den ZuschauerInnen die wesentliche Linie der detektivischen Untersuchung deutlich vor Augen zu führen, so daß beispielsweise in *Mord im Pfarrhaus* die Nebenhandlungen um Dr. Stone und Griseldas Affäre mit Redding gestrafft wurden. Im Gegenzug wird der dörfliche Schauplatz in liebevollen Einzelheiten vorgeführt, mit Aufnahmen von der Kirche, Mrs. Lestranges Haus und Miss Marple selbst in ihrem Garten, der sich behaglich nah am Pfarrgarten mit dem Künstleratelier befindet. Die komische und unangebrachte Feindseligkeit, die Inspektor Slack Miss Marple gegenüber zeigt, wird aus *Die Tote in der Bibliothek* (dem ersten ausgestrahlten Teil) in diese Folge übernommen und erhält in dem späteren *Ein Mord wird angekündigt* noch eine Variante durch Inspektor Craddocks Mißtrauen und seine letztliche Kapitulation. In der Fernsehfassung von *Bertrams Hotel* entfaltet die Nostalgie ihre volle Wirkung in den langsamen Eröffnungsszenen, wo die ZuschauerInnen die ehrwürdige Einrichtung, den perfekten Service und die für das England König Eduards VII. typischen Speisen dieses betrügerischen Hotels genießen dürfen (»altmodischen Beefsteak-Pudding ... große Rinderlenden und Hammelrücken, auf altmodische Art zelebrierten englischen Tee und ein wunderbares englisches Frühstück«). Ebenso erfolgreich, vor allem durch die ausgezeichnete Besetzung, ist *Alibi*, bei dem Alan Plater für die Adaption und David Giles für die Regie verantwortlich zeichneten.

In gewisser Hinsicht sind die Fernsehfassungen der BBC sogar noch wirkungsvoller als die Romane. Während sie sich an die Romanhandlung halten und den Schauder der klassischen Detektivgeschichte nicht unterschlagen – die Bedrohung des Eigentums, die saubere Gewalt des Mordes, der unbekannte Verbrecher mitten unter uns und die Störung der etablierten Ordnung –, bemühen sich diese Bearbeitungen vor allem um Zeitkolorit, ein Anspruch, den die Romane nicht verfolgen. Das gibt den Verfilmungen eine zusätzliche Dimenson von Nostalgie und Sicherheit. Zum traditionellen Spaß an der detektivischen Handlung kommt noch das visuelle Vergnügen an Autos und Kleidern aus einer vergangenen Zeit, an Häusern ohne Fernsehantennen (ein hübsches Detail), an den Menschentypen, von denen wir glauben, daß es sie damals gab, insbesondere aber an dem Charakter der alten Dame, die jedermanns Lieblingstante oder -oma ist. Wo die Romane eine Phantasie der Wiederherstellung von Ordnung durch den Einsatz von Logik und Kategorisierung bieten, wird diese Phantasie durch den »Realismus« der Fernsehfassungen noch verstärkt. Das Fernsehen gibt, insbesondere mit den hochwertigen Produktionen, die die Marple-Serie so beliebt machten, der unwirklichen Welt des Kriminalromans Substanz. St. Mary Mead ähnelt einem wirklichen Dorf und nicht dem klischeehaften Schauplatz, den Agatha Christie lediglich als notwendigen Ausgangspunkt für die Handlung verwendet hat. Das Dorf ist vielleicht ein sentimentales Produkt unserer Einbildung, aber das Fernsehen macht uns dieses Bild in der Bequemlichkeit des eigenen Wohnzimmers anschaulich, zerstört es kurzfristig durch die Taten eines Verbrechers und setzt es dann vor unseren Augen in all seiner gedachten Harmonie wieder zusammen, ohne daß der mühsame und distanzierende Akt des Lesens dazwischenliegt. Die Vorstellung vom Detektiv im Lehnstuhl hat eine neue Dimension bekommen.

Miss Marple lebt nicht nur in den Fernsehbearbeitungen weiter, sie hat außerdem noch ein indirektes Nachleben in der Entwicklung der Frau als Detektivin im Kriminalroman nach dem Zweiten Weltkrieg, besonders seit Beginn der 70er Jahre. Wie wir im ersten Kapitel erläuterten, machten die Autorinnen in der Zeit zwischen den Weltkriegen aus dem Detektivroman ein Genre, das ihnen entsprach. Obwohl keine der bekannten Kriminalautorinnen jener Zeit – Christie, Sayers, Marsh und Allingham – eine erklärte Feministin war, übernahmen sie Sichtweisen, die der Feminismus und die durch den Krieg veränderten Lebensbedingungen für Frauen hervorgebracht hatten. In der Kriminalliteratur fanden sie ein Genre, das an häuslichen, fest umrissenen Schauplätzen gedieh: einer Familie, einem Dorf oder einer ähnlich geschlossenen Gemeinschaft (wie etwa dem Frauen-College in Dorothy L. Sayers' *Aufruhr in Oxford)*. Innerhalb des augenscheinlichen Realismus und der Ehrbarkeit dieser »weiblichen« Welten konnten Agatha Christie und andere Schriftstellerinnen die Faszination der Gewalt und des Bösen und, was noch wesentlicher war, die kontrollierende Macht der Rationalität über Ereignisse und die Schicksale anderer Menschen zur Geltung bringen. Für sie war der Kriminalroman ein Genre, das neue Möglichkeiten eröffnete: Er war rational, humorvoll, befreit von den Verstrickungen des Liebesromans und ein intellektuelles Unternehmen, das es zu erobern galt, um den Männern Konkurrenz zu machen.

Seit jener Zeit hat es eine zweite feministische Bewegung gegeben, und in ihrem Kielwasser scheinen wiederum Frauen im Kriminalroman ein Werkzeug zu sehen, mit dem sie Vorstellungen über Macht und Moral erproben können. Die diesbezügliche Attraktivität des Kriminalromans ist kaum überraschend, denn er ist ein Genre, das sich »intensiv damit beschäftigt, wie gesellschaftliche Regeln etabliert und durchbrochen, wie Schuld und Verantwortung zugemessen werden und wie Prozesse des Richtens und Bestrafens ablaufen« (A. Hennegan, in J. Green 1989, S.3). Alison Hennegan zufolge werden Frauen von der Rechtsordnung selten gerecht behandelt – »nur zu oft gilt ein Recht für Männer und ein anderes für Frauen« –, und daher erscheint eine natürliche Gerechtigkeit, die sowohl der Sünde als auch dem Verbrechen Rechnung trägt, als besonders reizvoll. Der Kriminalroman, der von den Fesseln des Rechtssystems nicht behindert wird, kann die Streitpunkte behandeln, die außerhalb des Gesetzes oder im Gegensatz zu ihm stehen, oder die vor Gericht als unerheblich gelten. Hennegan schreibt, daß sich »zu jedem Punkt, bei dem weibliche Bedürfnisse und Erfahrungen im Widerspruch zu den von Männern gemachten Gesetzen und Systemen stehen, eine weibliche Kriminalautorin finden läßt, die diesen Konflikt untersucht«.

Auch wenn Agatha Christie dieser feministischen These sicher nicht zugestimmt hätte, stellen ihre Romane, wie intellektualisiert und konservativ die Ermittlungen auch verlaufen mögen, das Verbrechen oder die sozialen Umstände, unter denen es geschah, aus Frauensicht dar. Agatha Christies Miss Marple-Geschichten bemühen sich um natürliche Gerechtigkeit, und das ist der Grund, warum wir Miss Marple noch einmal unter einem weiteren Gesichtspunkt betrachten und sie zu den Detektivinnen aus den Romanen der jüngsten Phase der feministischen Bewegung in Verbindung setzen wollen. Es sind ihre Töchter, Enkelinnen und Urenkelinnen, in denen sie ebenfalls weiterlebt.

Was die englischen Kriminalautorinnen angeht, so sind die modernen Nachfolgerinnen von Agatha Christie ganz offensichtlich Ruth Rendell und P.D. James, nicht zuletzt, was die Beliebtheit und den kommerziellen Erfolg angeht. Diese beiden Autorinnen erweitern das Feld des Detektivromans um die psychologische Komplexität ihrer Charakterdarstellung und den sozialen Realismus, der den Hintergrund des Verbrechens bildet. Das spielerische Element wird weniger betont als bei Agatha Christie, und ihre Romane sind sehr viel umfangreicher und »ernsthafter«, als die Romane Christies jemals sein wollten. P.D. James' Roman *Vorsatz und Begierde* (engl. 1989) ist beispielsweise im Englischen 407 Seiten lang, und die Handlung dreht sich um ein Kernkraftwerk. Wer den/die Mord/e begangen hat, ist in dieser Geschichte weniger wichtig als die Diskussion über Kernkraft und verschiedene gesellschaftliche Themen, insbesondere die Beziehung zwischen Eltern und Kindern, ein Aspekt, der P.D. James immer wieder beschäftigt.

Adam Dalgliesh ist der Detektiv in diesem Roman von P.D. James, und er ist offensichtlich ihr wichtigster und liebster Detektiv. Allerdings hat P.D. James, anders als Ruth Rendell, auch für Frauen als Detektivinnen Platz gefunden, und eine von ihnen, Cordelia Gray, die zum ersten Mal in dem passend betitelten *An Unsuitable Job for a Woman* (1972) erscheint, kann als eine der ersten neuen »feministischen« Detektivinnen der modernen Zeit bezeichnet werden, zumindest, soweit es die englische Literatur betrifft. Wie Shakespeares Heldin ist Cordelia die mutterlose Tochter eines egozentrischen Vaters, eines herumziehenden Anarchisten, der ihr eine ungewöhnliche, desorganisierte Kindheit bescherte. Sie hat auch zwei detektivische Väter: den gescheiterten Polizisten Bernie, der ihr die ersten Grundlagen der Detektivarbeit beibrachte und ihr eine Detektivagentur hinterließ, und natürlich Commander Adam Dalgliesh. Dalgliesh bildet mit seiner intuitiven, intellektuellen, distanzierten und eher sanften Arbeitsweise Cordelias Maßstab für einen guten Detektiv, auch wenn ihre eigenen Methoden impulsiver, gefühlsorientierter und der Gewalt zugeneigter sind als die seinen.

Cordelia Gray ist wesentlich mehr als Miss Marple eine verletzliche, fehlbare Detektivin; sie führt die von Agatha Christie begonnene Entwicklung fort, die Detektivin auf ein vertrautes Maß zurechtzustutzen und sie den gewöhnlichen Menschen anzunähern. Cordelia hat weniger Kontrolle über die Ereignisse als Miss Marple, und die Indizien sind ihrer Vernunft weniger leicht zugänglich. In *An Unsuitable Job for a Woman* wird sie in einen Brunnen geworfen, und in *Ende einer Karriere* (engl. 1982) landet sie in einer Meereshöhle, und beide Romane enden sowohl mit ihrem Sieg als auch mit ihrer Niederlage. Hat sie Erfolg, dann keinesfalls in der Art wie die allwissende Miss Marple. Sie ist auch weniger gesetzestreu, denn anders als ihre ehrbare Vorgängerin arbeitet sie nicht immer mit der Polizei zusammen, weil sie noch einen Rest ihrer anarchistischen Erziehung in sich trägt und außerdem der Polizei gegenüber ein wachsendes Mißtrauen entwickelt, das viele spätere feministische Kriminalautorinnen ausgebaut haben. Das hängt zusammen mit ihrer ambivalenten Haltung gegenüber dem Verbrechen, dem Verbrecher und der (männlichen) Autorität im allgemeinen. In *An Unsuitable Job for a Woman* beispielsweise verschweigt sie die Identität der Mörderin sogar gegenüber Dalgliesh, weil sie ihre Sympathie für eine Mörderin über ihr Berufsethos siegen läßt.

In *Der Beigeschmack des Todes* (engl. 1986) führt P.D. James eine Polizeikommissarin als Assistentin für Dalgliesh ein, womit sie zweifellos auf die wachsende Anzahl weiblicher Polizistinnen und deren zunehmende Professionalisierung reagiert. Kate Miskin wurde von Dalgliesh ausgewählt, weil sie über jene Eigenschaften verfügt, die er an einem Detektiv am meisten bewundert: »Intelligenz, Mut, Verschwiegenheit und gesunden Menschenverstand«. Er glaubt auch, daß ihre Anwesenheit die »geheime Männerbündelei, die ein reines Männerteam von Polizisten so oft zusammenschweißt«, abschwächen könnte. Kate Miskin selbst steht unter dem typisch weiblichen Druck, die Ansprüche des Berufslebens, in dem sie sich leidenschaftlich engagiert, mit häuslicher Verantwortung zu verbinden, in diesem Fall der Pflege einer kränkelnden und fordernden Großmutter. Kates Polizeiarbeit hat zur Folge, daß ihre Großmutter gewaltsam angegriffen wird und am Ende des Romans stirbt, was vielleicht zeigen soll, daß die Doppelbelastung einer Detektivin in der Arbeit und zu Hause nicht oder zumindest nur sehr schwer zu bewältigen ist. Trotzdem, Kate überlebt, Dalgliesh zeigt Verständnis, und durch diese Entwicklung wird die Detektivin noch viel mehr zu einer Gestalt, mit der sich die Leserin identifizieren kann.

Das ist bei Antonia Frasers Jemima Shore *(Quiet as a Nun*, 1977; *The Wild Island*, 1978) so nicht der Fall. Sie ist eine außerordentlich romantisch dargestellte Detektivin, eine linke Gerichtsreporterin, die dennoch einen luxuriösen, eleganten Lebensstil pflegt und sich, was ihr Sexualleben angeht, ziemlich unprofessionell verhält – bei einer Gelegenheit schläft sie beispielsweise mit einem der Verdächtigen. Sie ist eine Art weiblicher James Bond, und die Fälle, mit denen sie sich beschäftigt, sind ebenso unwahrscheinlich und melodramatisch wie die seinen. Doch trotz ihres extravaganten Benehmens ist Jemima keinesfalls die allwissende Detektivin; weitaus weniger als Miss Marple (und James Bond) hat sie die Ereignisse unter Kontrolle, und sie wird von der Wahrheit eher überrascht, statt sie durch logisches Denken aufzudecken. In dieser Hinsicht ist sie eine gewöhnliche Sterbliche, und damit verstärkt sich der Trend zum Menschlichen und Fehlbaren, von dem die neuere Kriminalliteratur geprägt ist. Wie Craig und Cadogan feststellen, sind die Ereignisse und Figuren, die in Frasers beiden Romanen beschrieben werden, »ziemlich widersinnig«, aber dieser verstärkten Phantasie entspricht ein wachsender Realismus der Detektivarbeit: Jemima Shore ist nicht »die mächtige Außenseiterin, die alles unter Kontrolle hat, [und] sie ist ebenso erstaunt wie jeder andere, wenn die Wahrheit ans Licht kommt« (P. Craig and M. Cadogan 1986, S.237).

Weder P.D. James noch Antonia Fraser würden sich als feministische Autorinnen bezeichnen. Die von ihnen entworfenen eigenständigen und unabhängigen Heldinnen sehen ihre Detektivarbeit, so ungewöhnlich ihre Ermittlungsmethoden auch sein mögen, nicht als Ansatz für die Kritik an der patriarchalen Gesellschaft. Deren Anfänge finden sich in den Vereinigten Staaten, wo Amanda Cross in ihren Romanen eine »neue, feministische« Detektivin eingeführt hat. Sie benutzt das eigentlich konservative Genre des Kriminalromans auf ambivalente Weise, will einerseits die Moral und Politik des progressiven Feminismus vermitteln und andererseits einer Form des Widerstands gegen den Druck des heterosexuellen Kapitalismus

Ausdruck verleihen. Amanda Cross, Pseudonym der feministischen Literaturwissenschaftlerin Carolyn Heilbrunn, veröffentlichte ihren ersten Detektivroman dieser Art 1964 mit *Gefährliche Praxis*. Dieser und spätere Romane – beispielsweise *The James Joyce Murder* (1967), *Eine feine Gesellschaft* (engl. 1970), *Schule für höhere Töchter* (engl. 1971), *A Death in the Faculty* (1981) und *A Trap for Fools* (1989) – folgen Dorothy L. Sayers' Vorbild *Aufruhr in Oxford* und entlarven das Mörderische als einen Widerstand gegen den Feminismus und gegen Frauen allgemein, der im akademischen Umfeld reichlich vorhanden ist. Carolyn Heilbrun räumt in *Writing a Woman's Life* offen ein, daß sie in Dorothy Sayers' Schuld steht, und sie bekennt, daß Dorothy Sayers' Roman ihr in einer Phase der Unsicherheit geholfen hat: »Ich war dabei, mich selbst neu zu entwerfen«, schreibt Carolyn Heilbrun; »Für Frauen fällt der Beginn des Schreibens ... mit der Ausarbeitung von Selbstentwürfen zusammen ... Dorothy Sayers lieferte natürlich eine Phantasie – alle Detektivromane sind Phantasien – aber zumindest handelte es sich dabei nicht mehr um die romantische Phantasie, die Frauen so lange verordnet worden war« (Heilbrun 1989, S.52).

Carolyn Heilbruns Detektivin Kate Fansler ist für sie eine ebensolche Wunschvorstellung, wie es Harriet Vane für Dorothy L. Sayers war.

> Die neugeschaffene Kate Fansler, kinderlos, unverheiratet, reich, schön und unbeeindruckt von den Meinungen anderer Leute, erscheint mir heute wie eine Gestalt aus Wolkenkuckucksheim. Daß sie heutzutage sehr viel weniger phantastisch wirkt – jetzt wird sie meist dafür kritisiert, daß sie zuviel raucht und trinkt und daß sie geheiratet hat –, sagt mehr über den veränderten Sittenkodex und mein Talent als Prophetin aus als über meine damaligen Absichten. Ich wollte ihr alles geben und abwarten, was sie damit anfängt. Natürlich begab sie sich auf die Suche nach dem Gral (die männliche Handlung), wurde ein Ritter (die männliche Rolle) und rettete eine (männliche) Prinzessin. (Ebd., S.115)

Wie Carolyn Heilbrun verbindet Kate Fansler eine Karriere als Literaturprofessorin mit einem halboffiziellen Job als Detektivin. Damit löst sie eine Welle von Detektivromanen aus (oder setzt sie fort, wenn man Harriet Vane in *Aufruhr in Oxford* dazurechnet), in denen die Detektivin Dozentin für Englische Literatur ist; die Detektivarbeit scheint eine parallele Tätigkeit zur kritischen Lektüre von Texten oder vielleicht auch eine Metapher dafür zu sein. Dabei bietet sich außerdem die Gelegenheit zur heiteren Vermittlung von Gelehrsamkeit und sogar von virtuosem Können. Amanda Cross' Romane sind äußerst literarisch, und ein Teil ihrer Anziehungskraft liegt in den ständigen Verweisen auf berühmte Texte und Autoren.

Sie sind außerdem in einem quasi-akademischen Stil geschrieben – »voller hypotaktischer Wendungen und rhetorischer Steigerungen, gespickt mit langausgreifenden Satzperioden«, wie Fansler selbst sagt – und das begrenzt vermutlich den LeserInnenkreis auf jene, die solche Anspielungen verstehen können. In *The James Joyce Murder* beispielsweise ist jedes Kapitel nach einer Geschichte aus Joyces Novellensammlung *Dubliners* benannt, und die Handlung dreht sich um eine verlorene Kurzgeschichte von ihm, die in einem Heuballen versteckt ist. Kate Fansler ist nicht nur damit beschäftigt, bei der Auflösung dieses Verbrechens zu helfen, sondern muß auch darüber nachdenken, ob sie Präsidentin des Jay College für Frauen werden will und ob sie Reed Amhearst heiraten soll: ein erfülltes Leben, ganz anders als das der Miss Marple. Diese Romane besitzen eine Art geistreicher Klugheit, die sie, trotz all ihrer Geradlinigkeit, elitärer machen als die Agatha Christies. Allerdings haben sie auch eine offen feministische, zumindest aber eine klar frauenzentrierte Stoßrichtung, zu der charakteristischerweise die Entdeckung einer weiblichen Tradition zählt, die oft mit dem Schreiben zu tun hat. Kate Fanslers Ermittlungsarbeit könnte beinahe das literarische Echo von Viginia Woolfs Überzeugung sein, daß wir, wenn wir uns selbst als Frauen und als Schriftstellerinnen verwirklichen wollen, uns »durch unsere Mütter zurückdenken müssen«. So versucht Kate in Cross' siebtem Roman *Sweet Death, Kind Death* (1984) an einem konservativen College bei der Gründung eines Studiengangs für Frauenforschung zu helfen, während sie gleichzeitig den Tod einer bekannten, exzentrischen feministischen Akademikerin untersucht, deren »Abschiedsbrief« auf den Tod von Charlotte Perkins Gilman, der Schriftstellerin aus dem 19. Jahrhundert, verweist. Dieses Szenario ist weitab von St. Mary Mead und Miss Marples Versuchen, die Vergangenheit zu retten. Auch fehlt Kate Miss Marples Gewißheit in der Unterscheidung von Gut und Böse, und doch würde wohl jede in der anderen jene Kombination aus kaltem Intellekt und moralischer Wachsamkeit wiedererkennen, die sie trotz alledem zu Schwestern macht.

Auch in Valerie Miners *Murder in the English Department* (1982) wird die geschlossene Dorfgemeinschaft des klassischen Detektivromans gegen die geschlossene akademische Gesellschaft eingetauscht. Nan Weaver, ohne feste akademische Anstellung, aus der Arbeiterklasse stammend und Feministin, hat in der Fakultät für englische Literatur Schwierigkeiten mit dem konservativen Frauenhasser Angus Murchie. Nans Probleme werden noch größer, als sie sich ganz selbstverständlich an einer Kampagne gegen sexuelle Belästigung beteiligt. All das nämlich erreicht seinen Höhepunkt, als Angus Murchie am Sylvesterabend erstochen aufgefunden wird, offenbar von einer Frau, die er zu vergewaltigen versuchte. Die Handlung in diesem Roman ist relativ unkompliziert und ohne die erzählerische Erfindungsgabe Agatha Christies, aber das interessiert Valerie Miner offenbar weniger als die Themen, die sie in ihrer Mordgeschichte behandelt, und den Prozeß der Selbsterkenntnis, den ihre drei weiblichen Hauptfiguren währenddessen durchlaufen.

Sowohl Amanda Cross als auch Valerie Miner sind nordamerikanische Autorinnen; eine britische Version der akademischen Detektivgeschichte findet sich in Joan Smiths vergnüglichen und glänzend geschriebenen Romanen *Schmutziges Wochenende* (*A Masculine Ending,* 1988) und *Ein häßlicher Verdacht* (ebenfalls 1988). Die Detektivin Loretta Lawson ist Dozentin für Englische Literatur an einem College in London, doch die literarischen Anspielungen sind in diesen Romanen feinsinniger und werden seltener eingesetzt. Der englische Titel von *Ein häßlicher Verdacht – Why Aren't They Screaming* –, stammt beispielsweise aus einem Gedicht von Philip Larkin, »The Old Fools« [Die alten Narren]; ironischerweise sind die Narren in Joan Smiths Roman nicht alte Menschen kurz vor dem Tod wie in Larkins Gedicht, sondern die alte Garde, das Establishment, und vor allem die Polizei, die nicht glauben wollen, daß ein konservativer Abgeordneter einen Mord begangen haben könnte, und die auch nicht mit jenen sympathisieren, die einen Atomkrieg verhindern wollen. Der Roman spielt vor dem Hintergrund der amerikanischen Bombardements in Libyen, der Frauen-Friedenscamps vor den US-Stützpunkten, der Einschüchterung durch die US-Air Force und des Rücktritts von Cecil Parkinson. Loretta, die sich von einem Drüsenfieber erholt, beginnt aus Loyalität zu einem Arbeitermädchen aus dem Friedenscamp den Mord an ihrer Hauswirtin zu untersuchen; aber das Mädchen wird ermordet, und niemand, nicht einmal ihr Ehemann, ein Journalist, schenkt Lorettas Version der Ereignisse Glauben, und der Roman endet damit, daß der konservative Abgeordnete eine Position im Verteidigungsministerium bekommt. Daß Loretta es nicht schafft, den Verbrecher dingfest zu machen, unterscheidet sie von Miss Marple, aber in anderer Hinsicht gibt es Ähnlichkeiten: Obwohl Loretta Akademikerin ist, spielt der Roman in einem Dorf, und seine verwickelte Handlung, der geschickte Einsatz falscher Fährten und die Glaubhaftigkeit und Rationalität der Ermittlungsarbeit erinnern an den klassischen Detektivroman.

Mit Barbara Wilson erreicht der Versuch, ein ganz besonders konservatives, rationales, gesetzestreues und männlich orientiertes Genre in ein Medium für radikalfeministische Ansichten umzuwandeln, eine weitere Stufe. *Mord im Kollektiv* (1984) zeigt die Widersprüche des liberalen, antirassistischen und antisexistischen Individuums, das dennoch die Autorität genießt, die aus der Rolle der Detektivin und der Entdeckung der Wahrheit entsteht. In einer Mordgeschichte, in der sich zwei radikale Druckerei-Kollektive um eine Fusion bemühen, entdeckt die selbsternannte Detektivin Pam Nilsen, daß sie mit den Lügen ihrer KollegInnen auch die Arroganz und Rücksichtslosigkeit der Detektivrolle selbst enthüllt. Ihre Annahme, als weiße, liberale, »objektive« Frau könne sie die Situation vollständig verstehen und beurteilen, wird enttäuscht, als sie in den letzten Kapiteln gezwungen ist, sich in den Mörder hineinzuversetzen, den sie der Polizei nicht ausliefert. Miss Marples Erfolg als Detektivin hing mit dem Gefühl für die Aufrichtigkeit ihres Strebens nach Gerechtigkeit zusammen, das sie zu einer Allegorie der Vergeltung machte. Obwohl Pam Nilsen ursprünglich ebenfalls den Wunsch hegte, die Wahrheit herauszufinden, geht ihr Miss Marples Sicherheit, das Richtige zu tun, doch vollständig ab. In einem späteren Roman, *Schwestern der Straße* (1987), wird diese Entscheidungsunfähigkeit und Verletzlichkeit mit noch viel schmerzhafterer Genauigkeit erforscht. Hier wird Pam, die in den schäbigen Vierteln ihrer Heimatstadt Seattle den Mörder mehrerer Prostituierter jagt, von diesem vergewaltigt, und während ihrer Konvaleszenz in einen schwierigen Prozeß der Selbsterforschung getrieben. *Der Porno-Kongreß* (1989) stellt Pams lesbische Identität auf die Probe, als sie mit der Möglichkeit konfrontiert wird, daß Lesben genauso gewaltsam und lüstern sein können wie »normale« Mitglieder der Gesellschaft. In diesen Romanen ist die Detektivin zugleich ein zumindest potentielles Opfer, ein Aspekt, den auch die britische Schriftstellerin Rebecca O'Rourke in ihrem Roman *Jumping the Cracks* (1987) untersucht, wo die Heldin mehr Energie benötigt, um sich finanziell und körperlich über Wasser zu halten, als für die Lösung des Mordfalles, über den sie zufällig gestolpert ist. In einer Kurzgeschichte von Rebecca O'Rourke, »Standing Witness« (in J. Green [Hrsg.]: *Reader, I Murdered Him*, 1989), tut die »Detektivin« nichts anderes, als während der frühen Morgenstunden an ihrem Fenster zu stehen und in ihrer Phantasie zu rekonstruieren, was wohl zu der polizeilichen Aktivität rund um eine Leiche geführt hat, die unten auf der Straße in einem Auto liegt.

Ganz anders ist Helen Keremos, die lesbische Detektivin in Eve Zarembas Romanen. Helen ist professionell: »Helen Keremos. Ich ermittle«, verkündet sie in *Beyond Hope* (1987), und sie ist auf Marlowe-Art hart und tatkräftig, sowohl in ihrer trockenen Entschiedenheit als auch im Stil ihrer Prosa:

Jetzt mußte eine Entscheidung getroffen werde, und zwar schnell. Ich legte einen Arm um ihre Schulter und zog sie in eine sitzende Stellung ... Ich zog ihre Beine vom Bett, weil ich hoffte, sie sei imstande, aufrechtzustehen. Es ging nicht. Ihr Körper war so schlaff wie der einer Marionette. Sie mußte getragen werden. Ich legte meine linke Schulter an ihren Bauch, und stöhnend hievte ich sie hoch, damit ich sie tragen konnte wie ein Feuerwehrmann einen Geretteten. Ihr Kopf stieß mir ins Kreuz, und sie fühlte sich so völlig entspannt an, als sei sie gerade gestorben. (E. Zaremba, *Beyond Hope*, S.84)

Es versteht sich von selbst, daß sich Helens Aktivitäten nicht auf ein Dorf beschränken, sondern in aller Welt stattfinden, und ihre Ermittlungen decken atemberaubende Vorgänge im Zusammenhang mit Terrorismus, Waffenschmuggel, Spionage und Mord auf. Miss Marple würde zweifellos sagen, daß das Leben in den Grenzgebirgen zwischen Kanada und den Vereinigten Staaten dem in St. Mary Mead recht ähnlich ist und der größenwahnsinnige Huber dem Dorfarzt gleicht, aber selbst sie könnte nicht behaupten, daß Helens handfeste Ermittlungsmethoden besonders viel Ähnlichkeit mit denen des klassischen Kriminalromans haben.

Noch hartgesottener und Marlowe-ähnlicher sind die Romane von Mary Wings, *Sie kam zu spät* (1986) und *She Came in a Flash* (1988). Die passend benannte lesbische Heldin Emma Victor spricht und denkt mit abgebrühter Gelassenheit – »Vorsichtig berührte ich die Beule unter meinem Auge. Irgend jemand hatte versucht, mein Gesicht umzugestalten, war aber nicht lange genug geblieben, um das Ergebnis zu bewundern« –, wird häufig zusammengeschlagen und kann natürlich das Objekt ihrer Suche nicht schützen. In *She Came in a Flash* ist das Lana Flax – einst eine brillante junge Physikerin, dann ein Opfer der New-Age-Sekte »Vishnu-Kommune« – die mit einbetonierten Füßen ertrunken aufgefunden wird. Mary Wings' Bücher sind lebendig, gewalttätig und sexy, und könnten vielleicht eher als feministische Thriller denn als Detektivgeschichten bezeichnet werden; mit Sicherheit ordnet sie die detektivische Handlung anderen Themen unter – Liebesaffären, Essen, Kalifornien, Meditation, Tanzen in der Disco und Selbsterfahrung.

Ebenso weit entfernt von Agatha Christies Schreibweise, wenn auch auf eine andere Art, ist Dorothy Bryants geistreicher und anspruchsvoller Roman *Killing Wonder* (1982), wo der Schwerpunkt eher auf der Beziehung zwischen Frauen und Schreiben als auf der Lösung des Mordfalles liegt. Dorothy Bryants Detektivin Jessamyn Posey ist italienisch-chinesischer Herkunft, und ihre Ermittlungen führt sie, im Gegensatz zum Vorbild des klassischen Detektivromans, mittels psychischer Kräfte. Eine Geschichte wie diese unterscheidet sich so sehr von dem Muster der Romane Agatha Christies, daß es schwerfällt, beide Typen als Detektivromane zu definieren. Dennoch haben sie gemeinsame Merkmale, vor allem eine Detektivin, die es auf sich nimmt, die Wahrheit über das Verbrechen herauszufinden. Bei Agatha Christie ist das Verbrechen einfach ein Mord; in dem modernen feministischen Geschichten ist der Mord nur ein Symptom für andere Verbrechen und andere Rätsel, die gelöst werden müssen, Rätsel, die mit dem Frausein in der spätkapitalistischen Gesellschaft zusammenhängen.

Die Beliebtheit der neuen Frauenkrimis sowohl bei Autorinnen als auch bei Leserinnen findet Beweis und zugleich weitere Unterstützung in dem Umstand, daß die großen feministischen Verlage zu der Veröffentlichung von Kriminalromanen übergegangen sind. *Virago* und *Womens's Press* haben etliche Autorinnen des neuen Krimityps fest im Programm. *Pandora* startete eine eigene Reihe mit Frauenkrimis *(Pandora Whodunnits)*, die, wie die Herausgeberinnen erklärten, darauf abzielte, »die besten vom Markt verschwundenen Bücher älterer Kriminalautorinnen neu aufzulegen und zugleich allen Liebhaberinnen des Genres eine neue Generation von Krimischriftstellerinnen vorzustellen. Wir hoffen auch, daß wir neue Leserinnen zur vergnüglichen Lektüre von Detektivromanen verführen können.« Zwar haben nur wenige der nachgedruckten Romane aus früheren Epochen Frauen als Detektivinnen, dennoch zeigen sie, daß es innerhalb dieses Genres eine Tradition von Kriminalautorinnen gibt, und es werden uns solche Leckerbissen wie Christianna Brands *Green for Danger* (1945) und *London Particular* (1952) wieder zugänglich gemacht. In ihrem Vorwort zu *London Particular* erklärt P.D. James, daß sie eine gewisse Verwandschaft zu ihren eigenen Romanen sehe, und lobt die »überzeugenden Figuren ... ein starkes Gefühl für den Schauplatz [und] eine klug angelegte Detektivgeschichte«: wir denken in der Tat durch unsere Mütter zurück.

Diese jüngste Welle feministischer Kriminalromane hat auch zur Veröffentlichung einer ganzen Anzahl von Anthologien geführt, natürlich in Erinnerung an Dorothy L. Sayers *Omnibus of Crime* (1928), was ein weiterer Beweis für die gegenwärtige Beliebtheit dieses Genres ist. Ein britisches Beispiel ist der witzig betitelte *Reader, I Murdered Him* (Leser, ich habe ihn ermordet, [1989]), eine Anthologie von Original-Krimikurzgeschichten, die Jan Green herausgegeben hat. In einer ähnlichen amerikanischen Anthologie, *Frauen morden besser* (1988), bekundet Herausgeberin Irene Zahava, diese neue Kriminalliteratur spiegele das Leben heutiger Frauen auf realistische Weise wider und stelle Frauen als Detektivinnen in die vorderste Front des Genres. »Charaktere wie Cordelia Gray, Kate Fansler, Anna Lee, Norah Mulchaney, V.I. Warshawski, Kinsey Millhone und viele andere haben mit dem Macho-Muster gebrochen«, das sich in vielen früheren Kriminalromanen zeigte, und ihre Autorinnen haben neue Themen und Schauplätze eingeführt: Arbeitslosigkeit, Gewalt in der Familie und die Armut in den Großstädten, die im Leben vieler Frauen eine wesentliche Rolle spielen. Eine realistische Tendenz, die im klassischen Detektivroman immer schon angelegt war, hat sich im wenig vornehmen Lebensstil der modernen Detektivinnen und der verletzlichen Normalität ihrer Ermittlungsarbeit nun vollständig entwickelt.

Tatsächlich sind diese Geschichten nicht nur durch ihren »Realismus«, sondern auch durch einen politischen Radikalismus geprägt, der oft in Widerspruch zum traditionellen Muster der Detektivgeschichte steht. In »The Permanent Personal Secretary« von Jane Burke (in *Reader, I Murdered Him*) beispielsweise ist es wichtiger, mit Frauen solidarisch zu sein, als der Polizei die Wahrheit zu sagen, und das trifft auch für »Teddy« von Sue Ward zu. Daß es darum geht, entsprechend den Überzeugungen der Detektivin eine Art natürlicher Gerechtigkeit zu praktizieren, verdeutlichen die Romane von Gillian Slovo, *Morbid Symptoms* (1984), *Death by Analysis* (1986) und *Death Comes Staccato* (1987), wo die Erzählerin zusammen mit Carmen, einer schwarzen Assistentin, eine Detektivagentur führt. Als wahrhaft progressive Detektivinnen untersuchen sie die Vorgehensweise von Firmen, die sich um Aufträge der Londoner Stadtverwaltung und der unabhängigen Bezirke bemühen, im Hinblick auf Rassismus und Sexismus. In diesen Romanen, wie auch in denen von Barbara Wilson, rückt das Engagement gegen Rassismus, Sexismus und Homosexuellenfeindlichkeit in den Vordergrund und gewinnt die Oberhand über die traditionelle Forderung des Genres nach Vergeltung durch das Gesetz. Das setzt eine Entwicklung in Gang, die die ideologischen Grundlagen des klassischen Detektivromans vollständig unterwandert.

Wie wir gesehen haben, sind lesbische Detektivinnen ein wichtiges Merkmal zahlreicher neuer Kriminalromane. War während der Jahre zwischen den Weltkriegen die alte Jungfer die ausgezählte, übriggebliebene und schrullige Frau, deren Außenseitertum sie in der »normalen« Gesellschaft zur erfolgreichen Detektivin machte, so nimmt ihre Rolle jetzt die lesbische Detektivin ein, die den Verbrechen des Patriarchats als Außenseiterin nachspürt und so zur Erkenntnis von Wahrheiten befähigt wird, die anderen verborgen bleiben. Ein besonders amüsantes und erfindungsreiches Beispiel für diese Art neuer lesbischer Detektivliteratur ist die Story »Die Abenteuer der chronischen Ehemänner« von Ellen Dearmore (in *Frauen morden besser*), in der Gertrude Stein und Alice B. Toklas den berüchtigten historischen Fall Landru untersuchen. Ausgehend von Steins dokumentarisch belegter Liebe zu Kriminalromanen baut Dearmore eine Handlung auf, die auf Alices Versuch beruht, eine Schreibmaschine zu verkaufen, was sie mit Landru in Kontakt gebracht haben könnte. Die beiden Frauen machen sich auf, den Fall zu lösen, und bahnen sich dabei ihren Weg durch Motive, die aus Gertrude Steins Autobiographien stammen – Alice sitzt mit den Frauen der Berühmtheiten zusammen, Gertrude liebt den Boxkampf, sitzt »Knie an Knie« mit Hemingway, Alice ist darob eifersüchtig und so weiter, bis hin zu einem Pasticcio im Stil Gertrude Steins:

> Sein Taufname, Henri, der – nach allem, was geschah – nicht gerade christliche Gedanken aufkommen läßt. Aber *Henri* [Henry/Heinrich]. Fällt einem dabei nicht auch Heinrich der Achte ein, der sechs Ehefrauen hatte und zwei davon umbringen ließ? Diesem unglücklichen Namen wurde der noch problematischere Name *Désiré* hinzugefügt. Begehren. Das erklärt die 283 Geliebten. Du kennst meine Theorie, was Namen betrifft: *To name is to claim, to name is to blame, to name is to determine.* [Benennen heißt beanspruchen, benennen heißt beschuldigen, benennen heißt bestimmen.] In diesem Fall handelt es sich offensichtlich um Bestimmung.

In einer lesbischen Neuauflage der Beziehung zwischen Holmes und Watson gehen Gertrude Stein und Alice B. Toklas den Fall auf unterschiedliche, aber gleichermaßen orthodoxe Weise an, Gertrude Stein »denkt Gedanken«, die sie zu generellen Schlußfolgerungen über das Böse im amerikanischen Kapitalismus führen, während Alice B. Toklas, die intuitive, sich mit der Überprüfung von Landrus Horoskop beschäftigt: »Stiere graben gerne in der Erde.« Als sie zu Landrus Villa kommt, bemerkt Alice Lastwagen, die zu Müllhalden fahren, und schließt daraus, daß dort die Mordopfer vergraben sind. Die Geschichte endet damit, daß Gertrude diese Entdeckung für sich reklamiert, aber Alice hat das letzte Wort, sie frohlockt darüber, daß

Gertrude und Hemingway jetzt ein Gesprächsthema weniger haben. Die Geschichte vermischt Tatsachen und Erfindungen auf gekonnte Weise (wie das auch bei Gertrude Steins Autobiographien der Fall ist), entwickelt eine lesbische Version des Detektivpaars, das in Holmes und Watson unsterblich geworden ist, und gesteht zwei unterschiedlichen Ermittlungsmethoden, der rationalen und der intuitiven, gleiche Berechtigung zu. Gertrude als die nachdenkende Lehnstuhl-Detektivin im Stil von Holmes und Miss Marple entwirft ein allgemeines Konzept der Misogynie, die in den meisten Verbrechen eine Rolle spielt, während Alice mit Hilfe des irrationalen Mittels der Astrologie die eigentlichen »Fakten« dieses speziellen Verbrechens erahnt.

Gertrude Stein und Alice B. Toklas waren Zeitgenossinnen von Agatha Christie, und es ist interessant zu sehen, wie die Geister dieser Frauen aus der Zeit zwischen den Weltkriegen in der neuesten Phase weiblicher Kriminalliteratur beschworen werden. Vielleicht könnte die nächste Drehung der Spirale eine Wiedererweckung von Miss Marple sein, oder wenn nicht von Miss Marple selbst, so doch von einer altjüngferlichen Detektivin wie ihr, die sich der Verbrechen der letzten beiden Jahrzehnte des 20. Jahrhunderts annimmt. Die überalterte Gesellschaft, die, wie wir allerorten hören, sehr bald eine Belastung für die Wirtschaft werden wird, würde eine solche Figur, die auf fiktionale Weise Rache übt an einer lieblosen und herablassenden Gesellschaft, sicher zu schätzen wissen. In der Zwischenzeit macht der Kriminalroman in seinem neuen feministischen Gewand noch immer von sich reden, was zeigt, daß dieses Genre heutigen Autorinnen ebenso zur Untersuchung von Fragen des Rechts und der Moral dient wie damals Agatha Christie, als sie Miss Marple im provinziellen Mikrokosmos von St. Mary Mead das Rätsel menschlichen Verhaltens ergründen ließ.

Anhang

Liste der in Kapitel vier erwähnten Romane

Brand, Christianna, 1987 [1945]: Green for Danger. London
dies., 1988 [1952]: London Particular. London
Bryant, Dorothy, 1982: Killing Wonder. London
Cross, Amanda: *Gefährliche Praxis*/In the Last Analysis *1990 München*
dies., *Eine feine Gesellschaft*/Poetic Justice *1992 München*
dies., *Schule für höhere Töchter*/The Theban Mysteries 1993 München
dies., *In den besten Kreisen*/The James Joyce Murder. 1989 Frankfurt/M.
dies., A Death in the Faculty
dies., *Süßer Tod*/Sweet Death, Kind Death. 1991 Frankfurt/M.
dies., *Der Sturz aus dem Fenster*/A Trap for Fools. 1992 Frankfurt/M.
Fraser, Antonia, 1977: Quiet as a Nun. London. Die Nonne 1990 Köln.
dies., 1978: The Wild Island. London. Wilde Insel 1979 Rastatt.
James, P.D.: *Vorsatz und Begierde*/Devices and Desires 1992 München.
dies., *Ende einer Karriere*/The Skull Beneath the Skin 1992 München
dies., *Der Beigeschmack des Todes*/A Taste for Death 1991 München
dies., 1990 [1972]: An Unsuitable Job for a Woman. In: The P.D. James Omnibus. London. Ein reizender Job für eine Frau. 1984 Reinbek bei Hamburg
dies., 1990 [1972]: Death of an Expert Witness. In: The P.D. James Omnibus. London. *Tod eines Sachverständigen.* 1993 Reinbek bei Hamburg
dies., 1990 [1972]: Innocent Blood. In: The P.D. James Omnibus. London Ihres Vaters Haus 1985 München
Miner, Valerie, 1982: Murder in the English Department. London
O'Rourke, Rebecca, 1987: Jumping in the Cracks. London
Slovo, Gillian, 1984: Morbid Symptoms. London. *Kate und der Tote im Fahrstuhlschacht.* 1993 Trier
dies., 1986: Death by Analysis. London
dies., 1987: Death Comes Staccato. London
Smith, Joan, 1991: *Schmutziges Wochenende*/A Masculine Ending. München
dies., 1992: *Ein häßlicher Verdacht*/Why Aren't They Screaming. München
Wilson, Barbara, 1991 [1989]: *Der Porno-Kongreß*/The Dog Collar Murders. Ariadne Krimi 1019. Hamburg – Berlin
dies., 1988 [1984]: *Mord im Kollektiv*/Murder in the Collective. Frankfurt/M.
dies., 1993 [1986]: *Schwestern der Straße*/Sisters of the Road. Ariadne Krimi 1049. Hamburg – Berlin
Wings, Mary, 1992 [1986]: *Sie kam zu spät*/She came too late. Ariadne Krimi 1031. Hamburg – Berlin
dies., 1993 [1988]: *Sie war schnell wie der Blitz*/She came in a Flash. Ariadne Krimi 1047. Hamburg – Berlin
Zaremba, Eve, 1987: Beyond Hope. London. *Stur.* 1991 Frankfurt/M.

Bibliographie

Adam, Ruth, 1975: A Woman's Place. London

Auden, W.H., 1963: The Guilty Vicarage. In: The Dyer's Hand. London

Bargainnier, Earl F., 1981: The Gentle Art of Murder. Bowling Green/Ohio

Barnard, Robert, 1980: A Talent to Deceive: An Appreciation of Agatha Christie. London

Beauman, Nicola, 1983: A Very Great Profession: The Woman's Novel 1914-39. London

Binyon, T.J., 1989: Murder Will Out: The Detective in Fiction. Oxford

Bott, Alan, und Irene Clephane, 1932: Our Mothers. London

Cawelti, John, 1980: The Study of Literary Formulas. In: Winks

Chesterton, G.K., 1976: A Defence of Detective Stories. In: Haycraft

ders., 1976: The Detection Club Oath. In: Haycraft

Craig, Patricia, und Mary Cadogan, 1986: The Lady Investigates: Women Detectives and Spies in Fiction. Oxford

Daly, Mary, 1991: Gyn/Ökologie. München

Dyhouse, Carol, 1989: Feminism and the Family in England, 1880-1939. Oxford

Fitzgibbon, Russell H., 1980: The Agatha Christie Companion. Bowling Green/Ohio

Green, Jan (Hg.), 1989: Reader, I Murdered Him: An Anthology of Original Crime Stories. Mit einer Einleitung von Alison Hennegan. London

Grella, George, 1980: Murder and Manners: The Formal Detective Story. In: Winks

Haycraft, Howard (Hg.), 1976: The Art of the Mystery Story: A Collection of Critical Essays. New York

Heilbrun, Carolyn G., 1989: Writing a Woman's Life. London

Hughes, M.V., 1977: A London Child of the 1870s. Oxford

Jeffreys, Sheila, 1985: The Spinster and Her Enemies: Feminism and Sexuality 1880-1930. London

Kaplan, Cora, 1986: An Unsuitable Genre for a Feminist. In: Women's Review 8, June

Knight, Stephen, 1980: Form and Ideology in Crime Fiction. London

Knox, Ronald A., 1976: A Detective Story Decalogue. In: Haycraft

Leavis, Q.D., 1932: Fiction and the Reading Public. London

Maida, Patricia D., und Nicholas B. Spornick, 1982: Murder She Wrote: A Study of Agatha Christie. Bowling Green/Ohio

Mandel, Ernest, 1988: *Ein schöner Mord, Sozialgeschichte des Kriminalromans*. Frankfurt/M.

Mann, Jessica, 1981: Deadlier Than the Male: An Investigation into Feminine Crime Writing. London

Morgan, Janet, 1988: *Agatha Christie*. München

Osborne, Charles, 1982: The Life and Crimes of Agatha Christie. London

Sanders, Dennis, und Len Lovallo, 1985: The Agatha Christie Companion: The Complete Guide to Agatha Christie's Life and Work. London

Sayers, Dorothy L., 1980 [1928]: Introduction to *The Omnibus of Crime.* In: Winks

Slung, Michele B. (Hg.), 1976: Crime on Her Mind: Fifteen Stories of Female Sleuths from the Victorian Era to the Forties. London

Symons, Julian, o.J.: *Am Anfang war der Mord, Eine Geschichte des Kriminalromans*. 1972 München

Van Dine, S.S., 1976: Twenty Rules for Writing Detective Stories. In: Haycraft. Dt.: Zwanzig Regeln für das Schreiben von Detektivgeschichten. In: Jochen Vogt (Hg.), Der Kriminalroman. Zur Theorie und Geschichte einer Gattung. Bd. I. München 1971

Watson, Colin, 1971: Snobbery with Violence. Crime Stories and Their Audience. London

Winks, Robin (Hg.), 1980: Detective Fiction: A Collection of Critical Essays. New Jersey

Zahava, Irene (Hg.), o.J.: *Frauen morden besser.* 1993 München

Über die Autorinnen

Marion Shaw ist Dozentin für englische Literatur und lehrte über 25 Jahre am English Department der University of Hull. Seit Herbst 1993 hat sie eine Professur an der Loughborough University. Ihre Veröffentlichungen befassen sich schwerpunktmäßig mit der englischen Literatur des neunzehnten Jahrhunderts, insbesondere mit den Gedichten von Tennyson. Als Lehrende engagierte sie sich von Anfang an stark in allen Bereichen der Frauenforschung und feministischen Literatur- und Wissenschaftskritik. Durch eines dieser Projekte kam auch die Zusammenarbeit mit Sabine Vanacker zustande, welche an einem von Shaw geleiteten Forschungsprogramm teilnahm. Marion Shaw war viele Jahre lang aktive Gewerkschafterin und Fachbereichsleiterin, außerdem Mitbegründerin des *Journal of Gender Studies* und in vielen Bereichen der englischen Frauenbewegung engagiert. Mit nunmehr achtundfünfzig Jahren spielt sie mit dem Gedanken, sich etwas mehr Ruhe zu gönnen.

Sabine Vanacker, 1962 in Ostende geboren, ist Belgierin. Sie studierte englische und holländische Sprach- und Literaturwissenschaft an der Universität Leuven und machte ihren Magister an der University of Hull in England zum Thema Kriminalliteratur von Frauen. Sie promoviert zu moderner feministischer Literatur und hat seit Herbst 1991 an der University of Hull einen Lehrauftrag inne, wo sie hauptsächlich holländische Sprach- und Literaturwissenschaft, aber auch Übersetzung und angewandte Sprachwissenschaft lehrt. Ihr Hauptinteresse gilt der feministischen Literaturkritik und diversen Bereichen der Frauenforschung. Durch ihre Lehraufträge verschob sich ihr akademischer Schwerpunkt von englischer zu holländischer Literatur, insbesondere aus der ersten Hälfte des zwanzigsten Jahrhunderts, wobei sie nach wie vor der Kriminalliteratur besondere Aufmerksamkeit widmet.

Ariadne Krimis bei Argument: Miss Marples uneheliche Töchter

Ariadne 1032
ISBN 3-88619-532-5
256 Seiten, DM 13.-

Während eines medizinischen Forschungsprojekts muß Maggie Ryan den Tod eines Kollegen aufklären.

Ariadne 1052
ISBN 3-88619-552-X
304 Seiten, DM 17.-

Eine wehrhafte alte Dame will nicht aus dem verkauften Haus ausziehen. Dann findet Maggie dort eine Leiche ...

Ariadne 1031
ISBN 3-88619-531-7
304 Seiten, DM 16.-

Emma Victor vom Frauennotruf Boston im Morast aus korrupten Unternehmern und dekadenter High Society.

Ariadne 1047
ISBN 3-88619-547-3
304 Seiten, DM 17.-

Kaum hat Emma Victor den Umzug nach Kalifornien überstanden, macht sie die Bekanntschaft einer üblen Sekte.

Ariadne 1049
ISBN 3-88619-549-X
256 Seiten, DM 15.-

Pam Nilsen gabelt nachts zwei junge Mädchen auf. Nur eine überlebt, und Pam sucht fieberhaft den Mörder.

Ariadne 1027
ISBN 3-88619-527-9
224 Seiten, DM 13.-

Cassandra Reilly sucht den Ex-Mann einer Freundin in Barcelona und gerät mitten in eine Kindesentführung.